HEKOTARETE NANKA IRARENAI

へこたれてなんかいられない

ジェーン・スー

中央公論新社

へこたれてなんかいられない　目次

第1章

今日もなんとか生きていく

第2章

ポンコツな我々と日々のタスクと

第3章

大人の醍醐味・中年の特権

第4章

それでも生活は続くのだから

へこたれてなんかいられない

第1章

今日もなんとか生きていく

ハッピーバースデー

二〇二三年五月。私は五十歳になった。びっくりした。

よっぽどのことがなければ五十年以上は生きる。頭ではわかっていたものの、実際にそうなると他人事(ひとごと)のように驚く。だって体感はまだ三十五歳くらいだもの。我ながら図々しいわね。箸で口元に運んだ食べ物に焦点が合わない三十五歳などいない。嗚呼(ああ)、老眼。

五十年でこの仕上がりになったのは想定外だったけれど、じゃあどんな五十歳になろうとしていたのかと考えても答えが出ない。考えていなかったからです。

しかし、この狼狽(うろた)えは初めてのことではない。実は三十歳になった時も、四十歳になった時もそうだった。「あれ？　この仕上がり？」と戸惑った。つまり、六十歳になったって同じだろう。さすがの私でも学習する。今回だって三秒くらいキョロキョロし、その後は日々の業務に戻った。感傷に浸っている暇がまるでない。やることは山ほどある。

私なりに、五十歳女性の「イメージ」はあったのだ。好きな作家の食器をひとつずつ買い集め、休日には銀食器を磨く。旅行先はヨーロッパを好み、クラシックのコンサートやオペラに足を運ぶ。結構な値段の牛肉も買う。副菜は軽く茹でた国産アスパラガスをバターで炒めたもの。真面目に生きていれば自動的にこうなると思っていたのに、ならなかった。三十歳にもなれば結婚して子どもを産んでいるだろう、四十歳になったら家を購入しているだろう、自動的にそうなるだろうと思い込んでいたことがなにひとつ実現しなかったのと同じだ。私はまた同じ過ちを繰り返している。「思ってたのと違う……」と呆然とするところまでがセットなのだ。

現実の私は、十年以上前にローソンのシールを集めて入手したミッフィーの皿を常用している。少々重いが、落としても割れも欠けもしないところが良い。カトラリーは買った時期もメーカーもバラバラで、磨く必要がないものばかり。豚肉ならいい値段のものを買うが、自分ひとりがパッと食べるためだけに高い牛肉を買うことはない。副菜は、冷凍ブロッコリーを茹でたものに塩コショウとオリーブオイルをかけただけ。

生活に彩りと余裕がまるでない。ゆったり生きる力がない。金銭的余裕がないわけでもない。それでも馬車馬のように働く理由が自分でもよくわからない。

だが、手頃な価格帯の無駄遣いを好み、休日はインディープロレスの観戦に血道を上げ、世話をする子どもも夫もいないのに常にバタバタ生きている自分のことは、二十代の頃よりずっと好きだ。大好きだ。寂しさや空しさに足を掬（すく）われずに済むのは常にバタついているからだし、「生活に彩りがない」とは先述したが、プロレス観戦によって心は常に無限の彩りを湛（たた）え、豊かである。

最近は、自身の理想と現実、もしくは想定との差を自嘲気味に嘆く行為はあまり好まれないらしい。無粋を承知で言うならば、自嘲は精神的余白の証（あかし）でもある。切羽詰まったら自嘲はできない。世間から攻撃されぬための振る舞いとしての二十代の自嘲と、あまりの変容や想定との乖離（かいり）に呆気にとられつつも、自己受容する五十代の自嘲は異なるとも思う。

時間的、精神的余裕はないが、朗らかな諦観から生まれた心の余白があるのだ。これも若かりし頃には想像しえなかった。なにかで埋めなければならない、とは思わずにいられる余白があると、インディペンデントな存在でいられる。

なにからのインディペンデントか？　究極的には、金と数、多数から好まれること。

私にとってインディペンデントとは、自分らしくいられることを最優先できる状態。思考停止せず、大勢に流されず、やりたくないことをやらずに済む状態。そうあろうと意識してきたわけではないが、結果的にこうなった。二十代の頃は、すべてにディペンドしきっていたけれど。

運や縁が大きく作用していることは承知だが、ここに至れたことを誇りに思う。と同時に、いつ

（14）

何時どうなるかわからない社会になりつつあることにも憂いを抱く。どうなるんでしょうね、これから。

街と人生

ひとり暮らしの女友達から、私が暮らす街の住み心地を尋ねられた。ここに越してきて四ヵ月と少し、働く独居中年女にはすこぶるやさしい街だと、私は力説した。

遅くまで開いているスーパーが複数あり、ひとりで立ち寄れる飲食店も選び放題。商店街には昔ながらの書店や、ひとりでじっくり読書ができる喫茶店が複数ある。マッサージ店はバリエーション豊かで、ウーバーイーツにはなんでもある。気の利いた手土産を買う店には事欠かず、プチ贅沢ができる生活用品の店もある。都心ならどこへ行くにも便利で、終電後はサッとタクシーで帰宅できる。なにより助かるのは、家族連れより、単独の「若くはない」女が多く街を歩いていること。

裏を返せば、家族連れが暮らしやすい街ではないのだ。私の住むマンションには、赤ちゃん連れの家族は片手に余るほどしかいない。小学生以上は見たことがない。その代わり、ひとり暮らしと思しき中年男女はわんさかいる。分譲マンションではないのも一因だろう。

数年前、仕事で二子玉川へ足を運んだ時のこと。商業施設のカジュアルレストランにひとりで入ると、私以外は全員子どものいる家族連れだった。ジロジロ見られたわけでもないのに、まるで針の筵に座っているようだった。

私たちには、移動や居住の自由がある。誰がどこに住んでも構わない。しかし、家族の構成パターンごとに住みやすさは異なる。結果、同じ穴の狢が自然と集まってくるのだ。街と人の属性は切っても切り離せない。

引っ越す前に住んでいた街は、明らかにファミリー向けだった。学校が多く、広い公園もあった。土日に小一時間外出すれば、何十人もの子どもとすれ違う。当時は二人暮らしだったのでさほど気にならなかったが、いまあの街にひとりで住めるかと尋ねられたら、私は静かに首を横に振る。自分だけが場違いな気がして、いたたまれなくなってしまうだろう。

いま住んでいる街は、言うなれば働く女の野営地。平日は遮二無二働いて、土日は自分だけの時間を満喫したり、友人と出掛けたりする。

こういう街が、今後は増えていくだろう。二〇二〇年の生涯未婚率は男性28・25％、女性17・81％。東京都に限って言えば、男性人口約六百九十万人のうち約二百二十万人、女性約七百十万人のうち約百六十九万人が独身なのだ（国立社会保障・人口問題研究所「人口統計資料集」二〇二三年改訂版より）。私の住む街だけでは、とても収容できない。

セグリゲーション（居住分離）を推奨する意図はないが、万人のニーズが一致するわけもないのだから、なんでもかんでも混ぜればいいとも思えない。近頃は包括と均一化が同義に語られがちだが、公平であるべきはインフラやさまざまな機会であって、嗜好ではない。

問題は、高齢になってから住みやすそうな街が思い浮かばないこと。八十歳を過ぎた自分が、なにを欲するか見当もつかない。もしかしたら、子どもを巣立たせ配偶者に先立たれた女たちと合流し、同じ街で肩を寄せ合い助け合って暮らすのかもしれない。それはそれで、待ち遠しくもある。カラオケをしたり、九〇年代の映画を観たり、作ったものを持ち寄ったりして延々とおしゃべりに花を咲かせる。

十年前に上梓（じょうし）した拙著にも同じようなことを書いた。あの頃はまだ夢物語だったけれど、だんだんと現実味を帯びてきている。

(18)

"不調"産業

五十歳を過ぎたら、完璧に体調が良い日なんて数えるほどになるとは聞いていた。だから、覚悟は決めていた。しかし、百聞は一見に如かず。仕事を抱えすぎている事実を脇に置いたとしても、週の半分はダルい。頭痛がしたり、眠気が取れなかったり、体が重くて動かなかったり、症状はさまざまだ。

この原稿を書いている二〇二三年十一月頭現在、東京の最高気温は二十七度を記録し、二日続けて夏日という観測史上初の事態に見舞われている。ただでさえダルいのに、ダルさに拍車がかかる。もう、いっそのこと定年を五十五歳に戻してほしい。この気候でこれ以上は働けない。自営業者なので、そんな悠長なことは言っていられないのだけれど。

そろそろ終わりを迎えるはずの生理も、ここにきて中学時代のそれを彷彿とさせるような重さに変わった。ホルモンバランスが崩れたせいだろう。婦人科検診を受けているので異常がないとわかってはいるものの、「これが陣痛だよ」と言われたら「やはり、そうでしたか」と返答したくなるほどの痛みが襲ってくることもある。トイレで思わず、「生まれる！」と叫びそうになった日もあった。

念のため経産婦の友人に尋ねてみたら、陣痛は生理痛の千倍くらいとの答えだったので、私の痛みなんかまだまだお子ちゃまだ。何人も子を産んでいる女性を心から尊敬する。そして、妊婦が自由に無痛分娩を選べるようになってほしいと切に願う。

そんな話を三十代半ばの女性にしたら、彼女は現時点ですでに体調不良の日ばかりだと言う。低気圧の日は必ず頭痛が襲ってくるし、生理の日はかなりしんどい。それでもフルタイムで働いているというのだから、頭が下がる。なんとか、体が楽になる方法はないだろうか。

最近は「フェムテック」という言葉をよく耳にする。英語の Female（女性）と Technology（テクノロジー）を掛け合わせた造語で、女性が抱える健康上の問題を、テクノロジーで解決するサービスや製品を指す。

それはいいのだが、どうやらフェムテックは「産業」らしいのだ。経済産業省にもフェムテックのサイトがあって、「人に話すことをタブーとされた女性の健康やライフイベントに関わる悩みをひとりで我慢せずに〝みんなで〟共有し、助け合う『新しい当たり前』をつくるムーブメントにもなっています」とも書いてある。素晴らしい。素晴らしいが、「産業」なのがどうしても引っかかる。女の健康がなぜ経済産業省管轄なのだ。

産業を『デジタル大辞泉』（小学館）で引いてみると、「生活に必要な物的財貨および用役を生産する活動」とあった。つまり、国がどれほど産業をサポートしようとも、その活動に対価を払う人が必要なのだ。当然、それは女になる。企業が福利厚生的に取り入れることもあるだろうが、そんなのは大企業だけだ。

フェムテック産業は二〇二五年には五・五兆円規模の市場になるらしい。市場かあ、とため息が出る。女が健康でいられる日が増えることは喜ばしい。だが、本来は厚生労働省管轄ではなかろうか。

美容整形や若返りを保険適用内にしろと言っているのではない。女性なら誰しも陥る可能性がある不調の解決が、金次第になるのはいかがなものかと言っているのだ。国民皆保険制度では、すべての国民が安い医療費で高度な医療を受けられる。先進医療や入院時のベッド差額代は自費だ。つまり、女の健康は差額ベッド代扱いなのだ。いや、産業扱いだから、それ以下だ。

あと五年もすれば、男の更年期も産業としてターゲットになるだろう。男の更年期障害にだけ保険が利いたら私は暴れるぞ。

さすがにそれはないと思うので、ならばそれまでに、男女の給与格差が縮んでいることを願う。どっちも産業なら、そうでなくちゃ困る。産業が拡大すれば、医療が連動してくる場面もあるだろう。そうでなくちゃ困る。

後ろめたさの理由

都内でひとり暮らしをする八十二歳の父親のために、家事代行サービスを探すことになった。探すだけでなく、費用まで負担してさしあげる。本当によくできた娘さんだと、我ながら思う。

……というのは虚勢で、本心では、私が父の身の回りの面倒をみるべきなのではと、後ろめたい気持ちでいっぱいだ。これまで私は、「父の人生は父の人生」と、彼の人間関係を静かに見守るテイで、他人の厚意に甘えていただけだ。「よくできた娘さん」にはほど遠い。

この手の後ろめたさは、後期高齢者の親をもつ世代が等しく抱えている。「ずいぶん白髪が増えたね」から始まった、目に見える親の老化現象。あれは何年前のことだったろう。いま思えば、あんなのは老化のうちに入らなかった。

記憶力の低下ぐらいならまだ笑ってごまかしていられたが、足元がおぼつかなくなると、不安は一気に加速する。「まだまだ元気だよ」なんて親への励ましの言葉は、実は自分を説得するためだった。見て見ぬふりをし続けるのが難しくなったのは、父が八十代に入ってからだ。いや、実際に外出先で会う限り、元気は元気なのだが。

父は、まだ要支援認定の申請をしていない。そう遠くはない未来、必要になってくるだろうとも思う。とは言え、父の暮らしに必要な家事代行サービスは公的支援で賄えるものではない。各社のウェブサイトを見る限り、公的にはカバーできない部分を請け負うものばかりだ。つまり、需要があるということ。

父には長生きしてほしいが、私はいつまで独身の特権で貯めたお金で父を甘やかしていられるだろうか。父の生活を、明るくつつがなく回すためのサービスを探しているというのに、決して明るいとは言えぬ未来が、ハッキリとした輪郭をもった「現実」となって私に迫ってくる。胸が押しつぶされるようで、やや息苦しい。

各社のシニア向け家事代行サービスを比較検討していると、炊事や洗濯といった家事全般以外のニーズが透けて見えてくる。「お話し相手」や「散歩の同行」を、サービスに含んでいるところが数多くある。キャスト（家政婦さんを最近はこう呼ぶらしい）が自分の子どもを同伴してくる家事代行サービスもあった。孫代わりということか。父は子どもが苦手なので、これは候補から外した。

一方で、探してもなかなか見つからないサービスもあった。食事を作ったあと、一緒に食べてくれるサービスだ。

老人の「孤食」は食欲減退の一因になるし、昼間に作ってもらったものを、夜にひとりで温めて食べるのも寂しかろう。そう思ってのことだった。金に糸目をつけなければ、入浴介助や特別な食事を作ってくれる、有資格者にしかできないサービスはいくらでも見つかる。しかし、介護不要の老人と「一緒に食べる」が少ない。なにか法規制でもあるのだろうか。それとも、食卓を囲むのは家族の仕事だということか。キャストにも家族がいるだろうから、夕食をともにするのは難しいのか。

ここで、「やはり私が」と腹を決めるのが順当だろうが、私は商人の娘なので、「そういうビジネスをやったら、需要がありそうだな」と思うのが先だった。

孤食の回避で防げる不測の事態は意外と多いはずだ。誰と誰をマッチングすればビジネスとして成立するのだろう。家族がいる人は難しいか……。働き手の男女比率は？　孤食に男女の差はない。とすると……。どんどんアイディアが湧いてきて、気づけば父親への後ろめたさなどすっかり忘れていた。

お父さん、仕方がない。あなたの娘だもの。

物語が羽ばたいて

二〇一八年に刊行された拙著『生きるとか死ぬとか父親とか』(新潮社)を原作にしたドラマが、二〇二一年四月からテレビ東京でスタートした。父ひとり子ひとりの限界家族、つまり我が家の話。父娘のごく私的な四方山話(よもやまばなし)をできるだけ正直に綴った本が映像化されるなんて、人生なにが起こるかわからない。

いや、正直に言えば、「ドラマや映画になったらいいのにな」と、淡い期待は抱いていた。小説ではなくエッセイの類(たぐい)なので、エピソードの羅列ばかりで物語としての強度は弱い。しかし、我ながらよく書けた、と当時は思ったのだ。

「よく書けた」には二つの意味がある。「ベストを尽くした」と、「よくこんな恥ずかしい話を書いたな」だ。事前にやんわりと許諾はとったものの、父のきわどい私生活についても赤裸々に綴った。よっぽど信頼できる人たちにでなければ、映像化は任せられないとも思っていた。まだ話もきていないうちからそんなことを考えていたのだから、私もしょっている。

出版から一年経ち、もう話はないだろうなと肩を落としていたところに、とてもよい話がきた。制作陣にお会いすると、どなたも熱心に、丁寧に、原作の意図を理解してくださっている。著名作家でもない私のことも大変尊重してくださる。こういうことは稀だ。

このチームになら、と映像化をお願いしてから一年と数ヵ月。コロナのせいもあり少しずれ込んだが、その間に何度も台本の確認をさせていただいたり、配役の報告をいただいたりと、ありがたいことばかりだった。何度も言うが、こういうことは稀なのだ。悪意や敬意の有無だけの問題ではない。ピンとくるかこないかの話だから。気になるところが同じでないと、善意の塊でも事故は起こる。

主演は吉田羊さんと國村隼さんに決まった。つまり、私が吉田羊さんで父が國村隼さん。私の最上位互換が吉田羊さんだと友人に言われ、気をよくして大笑いしたことがあった。人間を百種類に分類しても、まだ同じ箱には入るだろうと。

実際にお会いしてみると、本当に申し訳ございませんでしたと頭を下げたくなるほど、吉田羊さんは光り輝く美しい人だった。それでいて佇まいがとても自然で、特別だが特別とは感じさせない、

（26）

圧のない人物だ。その吉田羊さんが、周囲が手を叩いて喜ぶほど、容姿を私に似せてくれた。國村隼さんは父よりずっと厳格なイメージだったが、吉田羊さん同様、驚くほど父と同じ軽妙な人物に化けていた。役を憑依（ひょうい）させ動かすことができるトップ俳優たちの凄まじさに身が震えた。

原作にはないラジオ番組の場面がふんだんに盛り込まれており、私はとても気に入っている。こんな形でリスナーに恩返しができるとは思ってもみなかった。

現実とリンクする場面が多いため虚実の境目が曖昧だが、これは紛れもなく吉田羊さん演じる蒲原（かんばら）トキコと、國村隼さん演じる父親、蒲原哲也の物語になるだろう。二人の絆が描かれた初回放送を観て、私の家の話が空高く、力強く羽ばたいていく予感を覚えた。

スターの視線の先

いま最もチケットが取れない講談師として名高い神田松之丞さんが真打に昇進し、同時に六代目神田伯山を襲名した。なんともめでたい話だ。

私はＴＢＳラジオを通し、松之丞さん改め伯山先生（講談では真打になると師匠ではなく先生と呼ぶようになるらしい）とご縁がある。ご近所だった時期もあり、ご家族とも仲良しなのだ。

ご縁のおかげで昇進襲名披露パーティーにも招いていただいたので、僭越ながら参加することにした。これを逃したら、こんなチャンスは二度とないだろう。まるで勝手がわからずドキドキする。

インターネットで「襲名披露ご祝儀」など下衆なことを一通り検索し、なるほど結婚披露宴のようなものだろうと理解した。きちんとした服を着て、お祝いを持っていけば、大きな失敗はなさそう。

当日はこれ以上ない晴天に恵まれ、お天道様も伯山先生の門出を祝っているようだった。

パーティーには各界の、特に寄席文化を支える演芸界の大御所たちが集結し、彼らの醸すオーラで、老舗ホテルの大宴会場は温かく華やかな空気に満ち満ちていた。

　ほどなくして、伯山先生が入場。結婚式なら新郎新婦の二人で登場する場面だが、前後を従者に護(まも)られ、伯山先生はひとりテーブルの間を練り歩く。その姿を前方に認めた瞬間、私は思わず涙ぐんでしまった。慶事を寿(ことほ)ぐ気持ちが溢れたからではない。

　もちろん、心からおめでとうと思ってはいる。けれど、生まれた時は誰もが同じような赤ん坊で、同じようなものを食べ、眠り、排せつを繰り返して生きてきたというのに、立派な大人になったからと、どうしてこんなに大きな大きな荷物を、たったひとりに背負わせるのかと、華やかな場とは裏腹に、松之丞時代と変わらぬ猫背で歩く、それでいて覚悟の決まった彼の顔に心が揺さぶられてしまったのだ。

　スターって、こうやって作られていくのだろう。人の手で形式を作り、白羽の矢が立った人間を舞台に上げ、大切に名を継承していく。それこそが、伝統文化と呼ばれるものの特性かもしれない。長い歴史に組み込まれた選ばれし者の双肩(そうけん)には、我々には想像もできない重さの責務が乗っかっている。

　伝統芸能だけではない。株式会社の重役だって、家族だってそうだ。社長も父も母も、初めからそうだった人はいない。誰もがどこかで、襲名しているのだ。役を担うって、皆の期待を一身に背負うってこと。やるべきことを、やるってこと。私はそこから逃げ回っているけれど。

宴の途中、舞台袖にひとりたたずむ伯山先生を見つけた。近寄って労いの言葉をかけたところ、本人はまるで他人事といった風情だった。この人が自己顕示に鼻の穴を膨らませることはないとは思っていたが、ここまで平常心でいられるとも思っていなかった。ちょっとくらい浮ついたっていいのに。

人懐っこいとは言えぬ伯山先生の目は、もっともっと先を見ているのだろう。講談を多くの人に広めることを、なによりの目標にしている男だ。講談は、彼の生きる理由だ。社会と彼を繋ぐ命綱だ。

ゴールのない道を走る人というのがいる。神田伯山先生もそのひとり。彼のロードマップは、彼にしか見えていない。

(30)

センスは何処へ

なにごとにも得手不得手、才能の有無があり、たとえば私は人前で話をするのは苦にならないが、インテリアや盛り付けの才能は皆無。それでも私には住む家があり、選ばねばならぬ家具があり、スリッパひとつ選ぶのさえつらくてしんどくて、久しぶりに自分のことが嫌いになった。

そもそも、着る服でさえ上手にコーディネートできないのだから、部屋の装飾が上手くできるわけがない。ハチャメチャなセンスがあれば味にもなるが、自分の好みも適切な選択も気の利いた組み合わせもわからない。虚無だ。だから、いつだって私はぼんやりと冴えない部屋に住んでいる。

最も冴える部屋で暮らしていたのは幼少期だ。母親は私と違ってファッションにもインテリアにもセンスがあり、輸入家具を随所に取り入れた、なかなかおしゃれな子ども部屋を与えてくれた。

自我が芽生えるとともに、私はハードロックのポスターを壁にベタベタ貼ったり、アメリカで買ってきた、一度貼ったら剝がせない花柄のトリムボーダー(細長い壁紙)を貼った挙句に長さが足りず、部屋の半分だけ壁の一部が花柄になったりと散々だった。当時はまだ「好きなもの」はわかっていたが、調和を考える能力がまるでなかった。十代後半でそう気づいてから、インテリアは私のコンプレックスになった。

大人になってからは、どんな部屋にいれば居心地がいいのかもわからない。初めてのひとり暮らしでは、とりあえず無印良品で揃えておけばどうにかなると、どれもこれも無印良品で買った。すると、なんということでしょう。お店で流れるケルト音楽が、四六時中幻聴で聴こえてきそうな部屋に仕上がった。アレンジが利かない。

昨年まで住んでいた部屋は、押し入れの扉が紫だったり、欄間だったスペースにベネチアングラスが嵌め込まれていたり、トイレだけがローラアシュレイ風味だったりと、独自のセンスを持つオーナーのカラーが色濃く出ていたので借りた。これなら、おしゃれに住めなくても私のせいにはならない。

そこからまた引っ越して、現在の部屋に住んで早二ヵ月。いまだ、ラグ二枚が決まらない。新しく必要になったキッチン収納は、友人に選んでもらった。自分で選んだ家具を友人にやんわり反対され、こういう時はたいてい他者が正しいので言う通りにしたら、なるほど使い勝手も良いし大正解だった。ラグも探そうかと友人は厚意で言ってくれたが、ここはひとつ、自分で頑張ると辞退した。

それから毎日、仕事の合間にネットでラグとカーペットを眺めている。サイズ、色、毛の長さ、無地か柄か。部屋の写真を撮り、ラグを置く場所に色を塗ってみたりもした。おしゃれなラグの選び方の記事も読んだ。それでも、どれが正解かまったくわからない。機能とセンスの二つを同時に問われると、頭が沸騰してしまう。

家に遊びにきた友人は、なかなか良い家具が揃っているよと励ましてくれた。彼女が指さしたものはどれも、私が実家から持ってきた、亡き母の選んだ家具ばかり。

継承しそびれた遺伝子が空から降ってこないかと、私は天を仰ぐ。このままでは、足元が寒くてかなわない。

知恵と工夫

とある休日。何の気なしに、SNSで薦められていたスペイン映画『ノーウェア：漂流』をNetflixで観た。いろいろあって海に浮かぶコンテナに閉じ込められた妊婦が、孤軍奮闘の末に脱出するサバイバル映画だ。これがすこぶる面白かった。えも言われぬ興奮に呼吸が荒くなった。

ハリウッドで活躍する著名俳優は誰ひとり出ていない。感動大作でもない。個人的な記憶と紐づいて感情が揺さぶられたわけでもない。では、なぜ？　よく理解できぬままその日は床に就いたが、気が高ぶってよく眠れなかった。

数日後。今度はU-NEXTで『フライト・ゲーム』を観た。こちらはうらぶれた航空保安官が、犯人不明のままハイジャックされた旅客機内で悪戦苦闘する話。リーアム・ニーソンやジュリアン・ムーアといったハリウッド俳優が出演しており、ジャンルとしてはサスペンスアクションになるらしい。私はこれにも大いに興奮した。

映画作品に心を揺さぶられる時、私がもつ感想は「いい話だ」とか「脚本がよくできている」とか「俳優の演技が素晴らしい」とか「見たこともない演出だ」とか、まあそんなところである。しかし、この二作品にはもっと根の深いところを刺激され、発情した。

お茶を淹れ、腕を組んで考える。まずは二作品の共通点を挙げてみようと思い、すぐに気が付いた。私は「制限された環境での創意工夫」が大好きなのだ。

海に浮かぶコンテナと、長時間密室状態の旅客機。サバイバルには役立たずの積み荷を、知恵と工夫で生き延びるための道具に変える勇敢な妊婦と、搭乗客のなかから役に立つ人材を見つけ出し難題を解決していく保安官。どちらも時間は限られており、命の危険に晒されている。

そういえば昔、サーファーがひとり海に放り出され、サメと戦う映画を観た。なんとかしてサメに襲われないよう、主人公が岩場で踏ん張っていた中盤までは集中して観ていたが、サメとの戦闘アクションばかりになった後半は、興ざめしてしまったのを覚えている。あれは、創意工夫の場面が終わったからだったのだろう。

艱難辛苦を共にした仲間が極限の状態に陥って人間の嫌な部分を露わにするようなドラマや、ひたすらモブ（群衆）が死ぬような作品も好きではない。サバイバルならなんでもいいわけではないのだ。

思えば、私は子どもの頃から生き残り術を想像するのが好きだった。家にあるものしか持参できない状態で雪山遭難するとしたら、どの鞄に何を入れて持っていくか、無人島に取り残されるなら友達の誰と一緒が好ましいかなどをずっと考えていた。言うなれば、サバイバル映画は私にとって「夢の実現」なのだ。妄想の実写化とも言える。これからは、厳しい環境のもと知恵と工夫で無理難題を解決する作品を探して観ていこう。ストレス解消にはもってこいだ。

現実社会が厳しい様相を呈しているのだから、映画くらいもっと気楽に楽しめばいいとも思うが、こればかりは気質なので仕方がない。むしろ、百円均一ショップで買ったキッチン用品をあえて玄関で活用したり、うまくいった時に得られる快感を求めてわざと不便なものを入手したりといった、急ごしらえの艱難辛苦を工夫で乗り越えようとする現実の悪癖が、映画鑑賞で治まればいいのだけれど。

「よりよい」に必要なのは

年の頃は二十代半ば？　もしかしたら三十代前半。細身の白人男性が、広いとは言い難い半地下空間で一輪車に乗っている。といっても、ペダルを前後させてバランスをとり、両足を地面から浮かせたまま留まっている状態。

彼の腰では蛍光緑のフラフープがぐるぐると回っており、当人はウクレレでBackstreet Boys（一九九〇年代に活躍したアメリカの男性アイドルグループ）のヒットソング「I Want It That Way」を弾き語っている。それも、かなりテンポアップしたアレンジ。マルチタスクの遂行に必死ながら、なんとも楽しそうな姿が最高に愉快だ。インスタグラムがおすすめしてきた見ず知らずの人の動画に、私は大笑いさせられた。

「人間に生まれたからには、こういうことを楽しまないとな」とコメントを添え、彼の動画を自分のアカウントでシェアした。生産性や効率とは無縁の行為を心から楽しめる余裕こそが、人に生まれた醍醐味だと腹の底から思ったから。

彼の動画の背景には、数百枚のCDが納められた棚が見える。本人の所有物かはわからないものの、ウクレレが弾けることからも、音楽が身近にある環境で暮らしていると言えよう。

一輪車だって、一朝一夕に乗れるものではない。つまり、彼には音楽を聴き、楽器や一輪車の練習をする時間と心の余裕があるってことだ。

曲芸の技術がお金をとれるほどには高くないのもいい。職業ではないということだから。仕事や家族の世話で疲れ果て、バタンキューという生活でもなさそう。

だから、余った気力体力を趣味に充てることができている。実益とは無縁の、非生産的動画制作に。最高の贅沢ではないか。

私たちは、「よりよい自分」や「よりよい生活」を効率的に手に入れなければならないという強迫観念に囚われすぎている。目標や成長や生産性といった言葉に惑わされがちでもある。目標も成長も生産性も漠然としていて、必要なのかも、欲していることなのかもわからないんじゃないのかしら。ただ、そうしているほうが、人として賢いような雰囲気だけは醸せる。周囲の熱気に煽られ、駆り立てられているだけにもかかわらず。

本当にそれで、「よりよい自分」や「よりよい生活」が手に入るのだろうか。苦肉の策で捻り出した目標、思い通りにいかぬ成長、生産性に追われる毎日。およそ「よりよい」からはほど遠い。

本来は、逆だ。生産性や効率を度外視できるのは、基礎的な生活が盤石であってこそ。いつ砲弾が飛んでくるかわからないような環境では、命を守ることで精いっぱいだもの。

シェアした動画は馬鹿馬鹿しいだけではなく、クリエイティブなのもいい。そういう行為に時間を費やすには、知性も必要だ。

人間にとって、無駄こそが本質的な豊かさの象徴だ。リアクションには、大笑いしたおかげで鬱々としていた気が晴れたというものがいくつもあった。生産性や成長とは無縁の役に立たない動画が、見知らぬ人の弱った心を救っている。意図せぬところで功を奏する行動こそ、尊い。

意地悪な見方をすれば、彼にはバズりたい欲があったのかもしれない。だとしたら、ますます最高ではないか。

成長や生産性とはまるで無関係の、誰のことも傷つけず、貶(おとし)めない、室内で自己完結するハッピーで馬鹿馬鹿しい動画でバズろうとする人がいるなんて、考えただけでワクワクする。「これを知らないと損をする」とか「迷惑行為に戸惑う人を映す」みたいな動画とは正反対だもの。

透けて見えるもの

とある男性が、SNSで見知らぬ女性を「勘違いブス」と罵っていた。なんて嫌な言葉。面と向かって言われたことはないが、陰でそう評されたことなら私にも何度かあるだろうし、恥ずかしながら、自分でも他者に対して使った過去があると思う。

最近ではやや鳴りを潜めたものの、「勘違いブス」はいまだカジュアルに使われがちな侮蔑語だ。自分に向けられたわけでもないのに、驚くほどカッと頭に血が上った。

「勘違いブス」がどんな時にどう使われるのか、丁寧に紐解いていこう。意外と構造は複雑だ。「勘違い」を辞書で引いてみると、『デジタル大辞泉』には「間違って思い込むこと。思い違い」とある。これ自体は人を貶める言葉ではない。しかし、その下に、主に女の容姿を貶める言葉「ブス」がつく。同じ構造に「性格ブス」があるが、これは性格が悪いことを、ブスという言葉で比喩的に表している。こちらも褒められたものではないが、「勘違いブス」よりは単純だ。

一方、「勘違いブス」には社会の偏見が露骨にあらわれる。このワードが使われるのは、女の行動が容姿に見合っていないと話者が勝手に断じた時。つまり、不美人のくせに自分が何者かであると勘違いし、容姿に見合わぬ尊大な行動をしている、と非難したい欲望が根底にある。ブスのくせに生意気だとか、ブスのくせに気どっているとか、そういうのと同類の侮蔑語と言える。つまり、ブスは自己主張せず大人しくしてろってこと。

改めて、破壊力の高い言葉だと思った。美人には美人というだけで許されることがあり、不美人にはそれが当てはまらないという偏見に基づいた暗黙の了解を、社会が共有していないと通じない言葉だから。

「まあ、ぶっちゃけそういう側面は社会にありますよね」と、開き直ってはいけない。というのも、美人と不美人の定義を突き詰めれば、「自分にとって好ましい」か否かになるからだ。つまり、話者の都合でどうにでもなる基準。

むしろ、自分に都合の悪い行動をする女はブスに格下げされることがある。ナンパを断った途端、「ブスのくせに!」と捨て台詞を吐かれた女の話を聞いたことがあるだろう。じゃあ貴殿は、わざわざ醜女(しこめ)に声をかけたのか? と尋ねてみたくもなる。つまり、最初に容姿による選別があり、そのあと行動での選別があり、どちらもパスしないと、社会的に価値の低いブスになる仕組みなのだ。これが主に女性にだけ適用されていることがしんどい。

今回目にしたのも、その類の使われ方だった。若く美しく聡明で、多くの人から支持される女性の活躍を、卑屈に妬んでの暴言だった。

みっともないと思うと同時に、女の美しい容姿はそれだけで価値があるように扱われながら、その実、好ましい控えめな行動も込みでないと認められないという風潮が、根強く残っていることに落胆もした。男には男の圧があるだろうが、少なくとも「勘違いブ男」とは言われないだろう。

と同時に、最近「美人すぎる○○」という惹句を見かけなくなり喜びも感じる。これは「美人はそもそも能力が乏しい」「美人は容姿のみを武器にする」という前提が社会で共有されていないと効かない言葉だからだ。いま「美人すぎる○○」と言ったら、ちょっとズレてる印象になる。古臭いし、ギョッとする人もいるだろう。

言葉には流行り廃りがある。何気なく使われる言葉から、社会や人が透けて見えてくる。私の目の黒いうちに、「女々しい」が消える日は来るだろうか。いまはそれが待ち遠しくてたまらない。

違和感の正体

近頃は、違和感の正体についてよく考えている。違和感を持つことが少なからずあるからだろう。

取っかかりを摑むため、まず辞書を引いた。わからない時は、まず辞書を引く。小学校の先生からの教えを、私は律儀に守っている。

『デジタル大辞泉』には、「違和感」は「しっくりしない感じ。また、ちぐはぐに思われること」とあった。「違和」とは、「からだの調子がくずれること。周囲の雰囲気に合わないこと」だそうだ。

なるほど、肉体に関する違和の解釈はすんなり腑に落ちる。「お腹に違和感がある」とは、普段の肉体とは異なる感覚を察知した、という意味だ。病院へ行くことで違和は解消される。しっくりしない、ちぐはぐ、周囲の雰囲気に合わない、に関しても、おでんとともに紅茶を出されたら違和感を持つし、葬式にマイクロミニスカートの参列者がいたら、まあ本人の好きにしたらいいが違和感は否めない。どちらも違和感の正体はハッキリしている。そぐわない、ということ。

私がどうにも引っかかるのは、他者の言動に自分が違和感を持った時だ。言動がしっくりこない、そぐわない、ちぐはぐに感じる、とはどういうことなのか。言語化しづらいモヤモヤを「違和感」のひと言で片づけまくってきたせいで、違和感の正体が摑めない。

他者の言動に持つ違和感とは、煎じ詰めればジャッジメントだ。否定や断罪まではいかない、「でもやっぱり、なんかおかしいよ」というジャッジメント。相手の言動をそのまま受け取れない我が心の状態を高解像度で見てみると、要は相手が嘘をついていると私が判断していると言える。あら、なんか怖いわね。他者の言動の真偽を私が決めるなんて、不遜にもほどがある。だがしかし、違和感はそこかしこに確実に横たわっている。

四十過ぎたら勘は経験値の蓄積が導き出した推測だ。「今朝はおにぎりを百個食べました」と誰かが言ったら、確かめずとも嘘だとわかる。私が五歳児だったら、わからないだろう。経験が浅いから。

しかし、経験には年を重ねるごとに個々人のバイアスがかかる。よって、私の持つ違和感にも私のエゴや歪んだ認知が作用している。私は私の持つ違和感を絶対視してはならない。そうわかっていても、大人になればなるほど、やはり違和感が拭えない場面が多々ある。年を重ねると嘘がうまくなるからだろう。

私には底意地が悪いところがあるので、誰かがＳＮＳで自分の幸せの数を毎日のように数え出したのを見ると、違和感センサーが反応する。投稿者は、むしろ幸せを感じられていな

(44)

いのだろうと邪推する。だって、本当に幸せなら毎日のように幸せ具合を書き連ねたりしないもの。ハイ、ジャッジメント！

　自己防衛のために、違和感という名の勘が働くのは良いことだ。「なんだか違和感がある。早く帰ろう」とか。しかし、すべてにおいてジャッジメンタルな人間にはなりたくない。だが、確実にそうなりつつある。「違和感」という言葉で、私は他者をジャッジしている。そして、どこかで自分の違和感を絶対的に信用している。

　恐ろしいのは、自分が他者に与える違和感を察知できないことだ。私が他者に「違和感があるよ」とは言わないように、他者も私にそうは言わない。だから、心と言動がそぐう状態にあるかを、自分でこまめにチェックするしかない。

　自分に嘘をつかないでいることは、子どもの頃からずっと難しい。でも、やるしかない。だって、私が違和感を持った人たちは、たいていあとから辻褄（つじつま）が合わなくなって、大変な目にあっているから。

絵の中の人間模様

二〇一九年十二月、東京都美術館へ「コートールド美術館展　魅惑の印象派」を見に行ってきた。

朝いちばんで乗り込んだのに、館内はそこそこ混んでいた。休日だからだろうか。来場者の半分くらいは高齢者だ。平日に来ればいいのにと思ったが、このご時世、月曜から金曜まで働いている老人もいるだろう。館内の年齢構成比は、まるで未来の日本を見ているようだった。

エドゥアール・マネの「フォリー゠ベルジェールのバー」や「草上の昼食」、ポール・ゴーガンの「ネヴァーモア」、エドガー・ドガの「舞台上の二人の踊り子」など、私のような美術門外漢でもどこかで見たことのある絵画が多く、解説も丁寧で楽しめた。特に、マネの「フォリー゠ベルジェールのバー」は、鑑賞初心者にぴったりの作品だった。

フォリー゠ベルジェールは、パリのミュージックホール。中央に描かれた、美しいバーメイドの表情は虚ろだ。彼女の後ろには壁一面の鏡。ホールは満席だとわかる。絵の左上にはバレリーナのような足が宙ぶらりんで描かれており、これは当時、ミュージックホールで空中ブランコなどの曲芸が披露されていたことを表している。

右手には、鏡に映し出された紳士の姿。バーメイドと会話を交わしているようだが、鏡の手前に男の姿はない。鏡に映ったバーメイドの体の傾きと、中央に描かれたバーメイドの立ち姿も一致しない。初めて展示された当時から、批評家を困惑させた作品らしい。

解釈の仕方は人それぞれながら、不可思議な点が存在するからこそ、私はこの作品とはいつまでも会話していられると思った。

私の見立てはこうだ。紳士と話はしているが、バーメイドは心ここにあらず。心の目に紳士は映っていない。あーめんどくさい。だるい。早く帰りたいな。私はバーメイドに話しかける。ねえ、いつからここで働いてるの？ その男にうんざりしてるんじゃない？

フォリー゠ベルジェールのバーメイドは、娼婦でもあったそうだ。パリを舞台にした絵画には、高級娼婦が描かれたものも多い。華のある、気だるく美しい女たち。美女と言えば、ピエール゠オーギュスト・ルノワールの「桟敷席（さじきせき）」も良かった。白と黒のストライプドレスを着た女は、ルノワールお気に入りの女性がモデル。

当時、女性のファッションをチェックするなら劇場の桟敷席と言われていたそうで、彼女の後ろには、明らかに舞台以外のどこかをオペラグラスで覗いて見ている男が座っている。女も、舞台を観ているようには見えない。どちらかと言えば、自分を観客に「見せて」いる表情。桟敷席は舞台を観る場ではなく、他者を見たり他者に見せたりの装置でしかないことを揶揄(やゆ)しているようだった。

なんだか、ちょっと笑ってしまった。こういう風習は、いまに始まったことではないってことだもの。現代でもパリコレのフロントロウ（ファッションショーの最前列席）は、誰が誰と、どんな服を着て座っているかを見るための場でしかない。目の前のファッションショーをつぶさに観察する人のための席ではない。メゾンもそれはよくわかっていて、そこにずらりと並んでいるのはいまをときめくセレブリティーばかり。華やかな場は、自己と他者からの承認欲求を満たす目的で設けられる。

私はそれを、恥ずべきこととは思わない。人間らしいなぁと思う。ルノワールの時代から、人は誰かを祭り上げて褒めそやし、くまなく観察し、ともすれば引きずりおろしたい欲望に駆られている。桟敷席に座りたいとは思わないが、誰が座るのか、どんな視線を交わすのか、気になる下世話な心は私だって持っている。

（48）本物は美しい

アメリカの歌手であり俳優でもあるジェニファー・ロペスのドキュメンタリー映画『ジェニファー・ロペス ハーフタイム』を観た。アメリカで最も視聴されるテレビ中継、NFLスーパーボウル（アメリカンフットボールの優勝決定戦）二〇二〇年のハーフタイムショー出演への道のりを主軸に、彼女の半生を描いたNetflixの作品だ。

ちなみに、NFLスーパーボウルのハーフタイムショーには、国民的スターしか出演できない。つまり、彼女は国民的スターとして認められているということ。

私はジェニファー・ロペスが大好きだ。現代を生きる女神として崇め奉っている。世間の評価にも差別にも自身の年齢にも、「負けるもんか！」の心意気で挑む姿が眩しい。ニューヨーク州ブロンクス出身。両親はプエルトリコ生まれのアメリカ人だ。

アメリカの人種構成で最も多いのは白人だが、アフリカ系やアジア系より人口が多いのが、メキシコ、チリ、プエルトリコなどラテンアメリカをルーツに持つヒスパニック系だ。人口のおよそ20パーセントを占める。ラテン系アメリカ人というと、トランプ前大統領の政策のせいで日本では不法移民の印象が強いかもしれないが、現実にはジェニファー・ロペスのようにアメリカ生まれのヒスパニック系が圧倒的に多く、ヒスパニック系移民の倍以上いる。

しかし、アメリカで生まれようが移民だろうが、人種差別は絶えない。加えて、彼女は女だ。女に生まれただけで正しく扱われないことばかりなのは、アメリカでもご多分に漏れず。ダンサーからキャリアをスタートし、俳優や歌手として活動の場を広げたが、明るく親しみやすいキャラクターが諸刃の剣となったか、どれだけヒットを飛ばしても表現者としてまともに評価されない時期が長く続いた。

それでもめげないのがジェニファー・ロペスだ。恋愛沙汰ばかりが取り上げられ、トーク番組では歌や演技が下手だとギャグのネタにされ、正直に言えば私もそれを笑ったことがある。しかし、彼女はあきらめなかった。今作でも、「彼女は自分がそういう扱いを受けることは予期していた」と他者に語られる場面がある。なんと痛切な覚悟だろう。

いや、そう言っては彼女に失礼か。切磋琢磨の末、彼女は自らが出演する女性のエンパワメント映画『ハスラーズ』のプロデューサーになり、ゴールデングローブ賞では最優秀助演女優賞にノミネートされるほどに成功した。しかし、アカデミー賞ではノミネートすらされなかった。彼女の闘いは続く。

二〇二一年には、バイデン大統領の就任式にて移民にルーツを持つ有色アメリカ人を讃えるように「我が祖国」を歌い、名実ともにラテン系アメリカ人エンターテイナーの頂点に立った。笑われても無視されても、一歩一歩山を登ってきた結果だ。彼女の積み重ねを集大成として映像で観ると、胸に迫るものがあった。歌い、踊り、演じ、彼女は自身と観客を鼓舞する。不当な扱いにNOを突き付ける。明るい笑顔を常に湛えてはいるが、求めるクオリティが高いため、一緒に働く人間にとっては相当気難しい相手だろうこともわかる。

一九八〇年代後半からキャリアを始め、現在五十五歳。親しみやすさを保ったまま、誰にも真似できぬ鍛えぬいた肉体と精神で、彼女は自分にとって大事なことをどう表現するかに命を懸け続けている。

「あきらめない」と嘯(うそぶ)くだけなら誰にでもできる。自戒の念を込めて言えば、その台詞が思考停止とサボりの言い訳にすらなる。現在進行形の行動が言葉に伴わなければ、単なる発語だけになってしまう。

その点、ジェニファー・ロペスは本物だ。たゆまぬ努力と行動に裏打ちされたあきらめの悪さの、なんと美しいことよ。万人が真似できることだとは思っていない。それでも、こういう人がひとりでもいるのは心強い。彼女は全身全霊で「私にできたのだからあなたにもできる」と伝えてくる。私は、こういうエンターテインメントに支えられている。

虚しさの連鎖

令和二年九月に発足した新内閣の写真を見て、「昭和九十五年だなぁ」とため息がこぼれた。二十一世紀に入って二十年も経ったのに、大臣の最高齢は七十九歳。六十歳以上が過半数を占め、おじさんというよりおじいさんばかりの燕尾服軍団だ。二十五人中、若手と言えるのは小泉進次郎だけで、女性は二人のみ。

昭和を思い出したついでに平成元年の宇野内閣を画像検索してみると、これまた昭和の趣だった。

その前の竹下改造内閣も言わずもがな。女性はひとりもいなかった。こうなったら全部見てやろうと首相官邸ウェブサイトで歴代内閣のページをクリックすると、インターネット黎明期を思い起こさせるほど古めかしい文字だらけのページが出てきた。予算が少ない市町村のサイトのほうがまだマシだろう。

写真が掲載され始めたのは昭和二十年八月発足の第四十三代東久邇内閣からで、当たり前のように全員男。日本軍があった時代なので、陸軍大臣と海軍大臣の二人は軍服らしきものを着ている。

敗戦後、昭和二十年十月発足の第四十四代幣原内閣では、のちの総理大臣、吉田茂が外務大臣を務めていた。国会議事堂を背に屋外で撮影された白黒写真は、七十五年後に発足した菅内閣から女二人と若手一人を画像修正アプリで消しただけのような印象。ああ、この国はずっとこうだったんだよな、女も若手もお飾りでしかないのだなと、私は改めて肩を落とす。佐藤内閣、田中角栄内閣、中曽根内閣と飛ばし飛ばしに見ても、印象は変わらない。写真だとよくわかるが、何代か前のなんとか大臣がのちの総理大臣になるパターンばかりだ。トコロテン方式で、おじいさんたちが代わりばんこにバトンを渡している。

初めての女性閣僚の登場は、昭和三十五年と思ったより早い。私の記憶には、平成元年の第一次海部内閣が強く残っている。言わずと知れたバブル時代。前任が女性スキャンダルで辞任したため後任となった森山眞弓と、初の民間人女性閣僚である元毎日新聞記者の高原須美子。森山は女性初の官房長官でもあるが、以降、現時点まで女性がこの座についたことはない。

女性閣僚数の最高値は、平成十三年四月発足の第一次小泉内閣の五人。いま振り返ると、新時代のワクワク感を演出する装置に使われただけの気がしなくもない。小泉内閣は第三次まであるが、女性は二人に減っている。

第一次小泉内閣を除けば、まるで規定人数があるかのように女性閣僚の数はほぼ一人か二人。ここまでくると、功績や能力で選ばれているのではなかろうことが嫌でもわかる。トコロテン方式の流れに、女は誰一人乗っていない。総議員の女性比率を考えればこうなるのは仕方がない、とは思いたくない。国民の半分は女なのだから。上から変えていかないでどうする。令和五年九月、第二次岸田第二次改造内閣でようやく過去最多タイの女性議員五人入閣が実現したが、一年しか存続しなかった。

心底くやしい。私は傷ついてもいる。こういうもんだと、なんの疑問も抱かなかった過去の自分にも腹が立つし、諸外国の政府の写真を見れば虚しさが募る。一足飛びに北欧レベルまでとは言わないが、後退すら感じる重い空気はどうにかならないのか。

選挙権を得て以降、私はほとんどの選挙で投票した。その結果がこれだと思うとやるせない。市井に目を向ければ、約半分の女たちが雇用の調整弁となる非正規雇用だ。女たちは上から下まで、出世のトコロテン方式から見放されている。つまり、声は届きづらい。

正攻法ではダメだとは思いたくないのだが、それは甘えなのだろうか。答えはまだ出ていない。

（54）

神頼みの境界線

あれは高校受験の冬だったか、それとも大学受験だったか。母親が、普段からの付き合いがない近所の寺だか神社だかを、ことあるごとにお参りするようになった。不思議に思って尋ねると、「あなたの受験が成功しますようにってお願いしているの」と、母は答えた。なまくらな娘は母の言葉を聞いて思った。そんなことをして、なんになるの？　と。

神通力（じんずうりき）という言葉がある。本来は仏や菩薩（ぼさつ）などが持つ超人的な力を指す仏教用語だが、俗語としては、通常ならありえないようなことがらを成就させる力を示す言葉として使われる。母が頼ったのはこれだと思った。いわゆる「神頼み」だ。

神社仏閣に「頼み事」をするのが流儀として適切か否かは、この際、脇に置いておこう。娘は娘なりに頑張ってはいるが、どうにも集中力が続かない。志望する学校に合格する水準までの学力もない。伸びる兆しもない。あとは、神に頼むしかない。母はそう思ったのだ。いま思うと大変申し訳ない気持ちになる。

なぜなら健気な母の姿を見てもなお、当時の私はなまくらなままだったからだ。高校受験でも大学受験でも第一志望校に落っこちたのは、神通力が実現しなかったからではない。私の努力と実力が足りなかったからだ。母はお参りが足りなかったと自身を責めるようなことはせず、「残念だったね、でも良い学校に受かったよ」と笑顔で私を励ましてくれた。なんて良い母親。ありがとう。

私も大人になり、自分の努力だけではままならないことが数多（あまた）あることを知った。それでも、どうしても成就させたい願いごとがあるならば、後悔のないようやれることは全部やるようにしている。合言葉は「できることは全部やれ！」だ。効率が悪くとも、無駄な足掻（あがき）とうっすら予感させるようなことでも、損得勘定は抜きにやる。それがのちの自分に対する誠意であり、「やれることはやった」と言い切るための保身でもあるのだ。

そして、ふと気づく。やれることをやったあと、結果を待ちながら神様仏様に手を合わせたくなる自分に。母も、こんな気持ちだったのだろうか。

すべてを思いのままには動かせない道理がある限り、「やれることは全部やる」には謙虚な気持ちが必要になる。さもないと、結果が伴わない時に誰かを恨んだり、呪ったりになりかねない。あんなに頑張ったのに！　と。

やった分だけ見返りがあるわけではないことを、骨の髄まで知っておかねばならない。損得勘定はご法度だ。ここから先は頑張り次第でどうにかなる話ではないという明確な線引きの先にある、努力と頑張りの話。「やれることはやった」と断言できる、自分との約束の話。

当てずっぽうなことばかり、がむしゃらにやればよいわけでもない。それは思考停止の

「努力してるふう」だから。努力にも質や効率は求められるが、それがすべてを約束してくれるわけではないということ。

あの頃、母は母なりに、なまくら娘の自発性を尊重していたのだろう。私の横に座って、ボンヤリしていないか厳しく見張ることだってできたはずだ。しかし、母はそれをしなかった。夜食を作ったり、塾や家庭教師の費用を工面してくれたりはあっても。彼女ができる範囲のことを、精いっぱいやってくれたのだ。

神頼みは、他者との人格の境界線を認知し、自らの力が及ぶ範囲を真摯に認識した先に至る行為だ。「ここから先は、私の力でどうにかなるものでもないので見守ってください」という気持ちでやることだ。「あとは運を天に任せて」の前になにをどこまで全力でやるか。問われるのはそこなのだろう。神様のまえで、「自分との約束を果たします」と宣言するのが、私にとっての神頼みなのかもしれない。

たとえば、あなたがいま読んでいるこの本は数年分の連載をまとめて一冊にしているのだけれど、大幅に加筆修正している。連載原稿のまま出版することだってできるし、加筆修正したからといって売れるわけでもない。そんなことはわかっているが、それでもやるんだよ。

神頼みについて考えすぎ、結果的に自分の首を自分で絞めたような気がする。この本の発売前に神社へお参りにいったとして、私は「やれることは全部やりました」と言えるかどうか。頑張ります。

第2章

ポンコツな我々と日々のタスクと

普通が吹っ飛んで

誰かと話している時、枕詞に「普通は」をつけて、自分の言葉に説得力を加えたくなる瞬間がある。「普通に考えてありえない」とか「普通は○○だ」など。無意識に口をついて出る場合もあるが、なるべく使わないように注意している。

枕詞のように「普通」を使いたくないのは、現実が変わったからだ。ついこの間まで万人に通用すると思われていた「普通」の概念なんて、もはや存在しない。いや、時代を問わず普通の外側にはいつだって存在があった。それを無きものとする時代を、そろそろ終わらせたい。

私が子どもの頃には「両親が揃っているのが普通」なんて言葉が、それこそ普通に使われていた。その状態が普通となると、シングルペアレントの家は「普通じゃない」になってしまう。「両親が揃っていないなんて可哀相（かわいそう）」という言葉を、親世代から聞いたことは何度もある。いまよりずっと浅はかだった頃の私も、使ったことがあるかもしれない。

悪意なく、むしろ善意丸出しで、そういう不躾（ぶしつけ）な言葉を投げかけられたシングルペアレント家庭の親子は、むき出しの言葉を前に、いったいどう感じていたのだろう。想像すると、自分が恥ずかしい。可哀相かどうかなんて、他人がジャッジするものではないのだから。両親が揃っていたって、不幸な家はゴマンとある。逆もまた真なり。

夫婦なのに子どもがいないなんて可哀相、といった考え方も同じだ。両親と子どもがいて、初めて家族。できれば子どもは二人以上。息子がいたほうが望ましい。それら諸条件を定型とする時代は確かにあったし、そのほうが社会はまとまりやすかったのかもしれない。でも、もうにっちもさっちもいってないではないか。それを「選ばない／選べない」人たちがわんさかいるから、少子化は進んでいる。

定型は幸せ、非定型は不幸せという乱暴なジャッジメントのほかにも、考え方を刷新したほうが生きやすくなる定説はある。「女の敵は女」もそうだ。

若かりし頃には私もそう信じていた。女の足を引っ張るのは、男ではなく女だと。なぜか？　ＴＶドラマ、映画、バラエティ番組、果てはニュースに至るまで、「女の敵は女」エンターテインメントが数多あったからだ。戯画的に演出された女同士のくだらないいがみ合いを、嫌というほどメディア越しに見てきたからだ。

現実社会をよくよく観察してみれば、足を引っ張る人間に性別は関係ない。にもかかわらず、女が女の足を引っ張った時に人は発情したように興奮する。「ほら、やっぱりそうなんだ」と。人間のみっともない表情や所作が露わになる対立のほうが、人を発情させるからかもしれない。ここには「女のほうが感情的」という偏見があり、その裏には「男は感情を露わにしてはならない」という抑圧がある。すべての思い込みは多層的な構造の上に成り立っている。ドラマ『半沢直樹』の誕生で、それもだいぶ変わったようには思うけれど。感情的で嫉妬深く、根に持ち、足を引っ張り合う男たちがわんさかでてきたではないか。

両親がいるほうが幸せな家庭だという思い込みも、同じようにメディアに刷り込まれてきたものだ。ほんの十年前まで、TVドラマや映画に出てくる幸せな家庭は、たいてい両親が揃っていた。かたや、シングルペアレントの家庭はどう描かれてきただろうか。ざっくり言えば、不幸の象徴のように描かれることのほうが多かった。

シングルペアレントの家庭が、おしなべて幸せだと言いたいのではない。そりゃ苦労もあるだろう。ただ、シングルペアレントと不幸が直線で結ばれたような創作ばかりが世に溢れていた時代を、私たちは確かに生きてきたのだ。昭和と平成の半分くらいまでは、そういう偏見が繰り返し刷り込まれてきたことを、ある程度は自覚しておいたほうがよいという話。

「Seeing is believing」と

いう言葉がある。日本語に訳すと「百聞は一見に如かず」。私たちには、実際に目にしたものを事実だろうがフィクションだろうが「ひとつの真実」として認識してしまう能力がある。だったら、それを逆手に取ろうではないか。

少し前まで、女性運転士や車掌など想像もつかなかった。子どもの私は、そういうのは女の人にはできない仕事だとすら思っていた。しかし、日常的にそれを目にするようになれば、過去の思い込みは吹っ飛んでしまう。そして新しい「当たり前」が、私たちの意識にインプットされる。いままで見たことがなかったというだけで、存在しないものだと思っていることが、まだまだたくさんあるのだ。普通はどんどん変わっていく。

好きと得意の分岐点

中年になってからの仕事に関する持論は、「三十五歳を過ぎたら、好きなことより得意なことを軸にする」だ。「好きを仕事に」は私が若い頃から尊ばれてきた価値観で、いまでも多くの人が口にする。好きを追求するのは悪！　とは言わないものの、気力体力が落ちていく年頃から、好きのガッツだけで報酬を得ようとするのは、ちょっと考えたほうがいいとも思う。「好きこそものの上手なれ」とは言うが、それは趣味とかの話。仕事とは別の話だ。

その「好き」に多少の憧れ要素が含まれているなら、用心するに越したことはない。憧れがあるということは、すなわち現時点で「得意なこと」ではないから。不得手な仕事に中年が根性だけで食らいついても、結果は火を見るより明らかだ。そういう意味で、「好きを仕事に」は、ある種の呪いの言葉にもなる。

ちなみに、ラジオやポッドキャストなどの喋(しゃべ)り仕事は、私にとって好きなことではなく得意なことに入る。楽しく続けさせてもらってはいるが、始めるまでにやりたいと思ったことは一度もなかった。こう言ってはなんだが、やってみたら手ごたえがあったので、続けているというわけ。

じゃあ、アンタなにが好きなのよと問われれば、若い頃の私はマーケッターになりたかった。マーケティングとは、データを読み、市場のニーズに応えた商品やサービスに価値をつけ、必要としている人たちに届ける仕事だ。かっこいい！

マーケッターにはデータを分析する力とセンスが必要だ。会社員を続けていたら、かろうじて従事はできたかもしれないが、いまほど手ごたえのある成果を出せたかはわからない。いや、たぶんダメだった。才能があるとは思えないから。かなり苦労したであろうことは、自分の性格を考えると容易に想像できる。なかなかうまくいかなくて、自己評価はただ下がりだったに違いない。好きを仕事にしなくて、本当によかった。

会社員時代、やり甲斐は苦労した分だけ感じられるものだと思っていた。そういう要素は多少あるが、二倍苦労したからってやり甲斐が倍増するわけではないと、フリーランスになってからは痛感している。

仕事を健やかに続けていく上で、もっと大切なものがあることに気づいたのはいつだろう。たぶん、仕事を始めてすぐにわかっていたことだ。しかし、私を高揚させるものの正体が、若い頃はうまくつかみ取れていなかった。いまなら、それがなんだかわかる。

私にとって、大切なことはやり甲斐よりも手ごたえだ。苦労して納品した仕事で、人の役に立てたと感じられるのが「やり甲斐」。苦労しようがしまいが、納品した仕事に自分自身が満足し、納品物を受理した人から次の仕事を発注されるのが「手ごたえ」。私は手ごたえを愛している。

「得意なことを仕事にする手もあるよ」と私が言うと「私には得意なことなどひとつもない」と人は答える。いやいや、誰にでもほかの人より得意なことがひとつはあるものだ。自分がそれを知らないだけ。なぜなら、得意なことは他者に見つけてもらうしかないから。「ラジオをやってみない？」と声をかけられた私がそうだったように。ためしに、信頼する人に尋ねてみてはどうだろう。なにかしら答えてもらえるはずだ。信頼できない人からのオススメは、完全に無視してＯＫだけど。

つい先日、圧倒的不得手な「好き」を仕事にしている若者に出会った。とても幸せそうだったが、暮らしていけるほどは稼げていない。本業が別にあるから続けていける状態だ。気力と体力がみなぎっているうちは、こういう働き方も選択できる。非効率的だが、エネルギーに満ち満ちており、うらやましくもあった。はて、いまの私はなにが好きなんだっけ？

得意ばかりを磨いて仕事にしていたら、非効率的だろうがなんだろうが、熱意だけで挑まんとする対象が見当たらなくなってしまった。いまの私の「好き」はプロレス鑑賞がメインで、これで生きていきたいと自身を投じたくなるほどのものはない。これはこれで、小さな不幸なのかもしれない。

(66)

いざ、休暇スイッチ

私は休むのが下手だ。サボるのは大得意だというのに。

休みにも、質の良し悪しがある。三十分くらい仮眠して、目覚めたら珈琲(コーヒー)を飲み、気分転換に近所を軽く散歩する。これは教科書に載せてもいいくらい優秀な「休憩」。しかし、ソファに寝転びスマホを二時間見続けた挙句、首が痛くなって目がショボショボするようなのはダメな「休憩」である。もちろん、私がやりがちなのは後者だ。

休むとはつまり、積極的に心と体の疲れを癒やすこと。次の行動に備えて活力を養うこと。これが上手くできてこその大人。残念ながら、私にはそのセンスがない。

会社員を辞めたあと、八年ほど夏季休暇すらとらなかった。がむしゃらに働いていたと言えば聞こえはいいが、実際には休暇プランを立てるのが億劫(おっくう)で、サボりながら働いていただけ。その後、アジアンリゾートへ旅する楽しみを覚えたものの、同行者を失ってからは再び旅することをあきらめた。

二〇二〇年はコロナを患って、十日ほど物理的に家から出られなかった時期があった。幸い症状が軽かったこともあり、寝る時間も考える時間もたっぷりあって、私にしては上出来な休暇になった。とはいえ執筆はしていたし、家から物理的に離れない限り、仕事と自分を切り離すのは無理だとあきらめもした。休暇に関して、私はあきらめてばかりなのだ。

先日、ファッションエディターでありスタイリストでもある大草直子（おおくさなおこ）さんにお招きいただき、佐賀県の武雄市図書館でトークイベントをやった。日帰り可能なスケジュールだったが、大草さんが「是非に」と宿泊を勧めてくれたので、お誘いに乗ることにした。

イベントはつつがなく終わり、私たちは車で宿に向かった。東京と変わらぬ酷暑ながら、山々の緑や海の青さに目を奪われる。私のなかで、ゆっくりと「休暇」のスイッチが入る音がした。

お招きいただいた和多屋（わたや）別荘は、昔ながらの旅館にモダンな改装が施された温泉宿。広々とした和室に足を踏み入れた途端、思わず「ワア！」と声が出た。専用の露天風呂がついていたのだ。客間の大きな窓からは川が見え、せせらぎも聞こえる。ああ、なんて素敵な空間。自分ひとりでは絶対にたどり着けなかった場所だ。

佐賀の嬉野（うれしの）温泉は、島根県の斐乃上（ひのかみ）温泉、栃木県の喜連川（きつれがわ）温泉と並び「日本三大美肌の湯」と言われているそうで、その名の通り浸かれば浸かるほど肌がツルツルしてくる。夕食は佐賀牛をメインにしたコース。これまたとびきりの美味（おい）しさで、食休みのあとは宿泊者が利用できる大きな露天風呂に入った。

「嗚呼、私はいま休んでいる！」と、心の中で快哉（かいさい）を叫んだ。声が漏れていたかもしれない。

至福。大草さんに心から感謝した。

私の場合、とにかく家から離れることが肝だとハッキリわかった。私はそれをすっかり忘れていた。究極的には、都内のホテルに一泊するだけだってよかったのに。

自宅ほど居心地のいい場所はないものの、家では日常という目に見えぬ糸に、体と心がきつく縛られている。ひとり暮らしの私でさえそうなのだから、家族がいる人はなおさらだろう。基礎疾患のある方やエッセンシャルワーカーは、そう簡単にはいかない。私は呑気だなと、後ろめたい気持ちにもなった。それでもやはり、「家から離れて休む」は私に必要なこと。中年よ、とにかく一度、家から出よ。

わかってはいるけれど

休み下手の次は、お金を使うのが下手な話をする。どちらも同じ理屈だと判明したので、記録として残しておきたい。

日常レベルでの無駄遣いは天才的だが、大きな金額の品物を買うのが苦手。単に欲しいのか、それとも必要なのか、熟考するのが億劫でいつも後回しにしてしまう。清貧とはかけ離れた生活をしており、千円くらいなら考えなしになんにでも使ってしまうというのに。長期休暇を取得するのが苦手なのも同じ理屈で、いつなら休めるか、休むならなにをするかのプランを考えるのが非常に面倒になる。千円以内なら躊躇(ちゅうちょ)なく買うのと同じ理屈で、日常的にサボるのは大得意だ。

考えるのが億劫といっても、思考自体が苦手なわけではない。興味のあることならば延々と考えていられるし、自分なりの結論を導き出すことも得意だ。ゆえに、興味の対象外はすべて放棄したくなってしまう。限られたリソースを、私にとってどうでもいいことに割(さ)きたくない。結果、半世紀以上生きてなお、ドラッグストアでの大人買いレベルで憂(う)さが晴れる。大きな良い買い物をして、長期的に満足するという経験がない。いや、一度だけある。十年くらい前に買った高級マッサージチェアだ。あれは最高の買い物だった。半年前にゴゴゴと不穏な音を立て、それからウンともスンとも言わなくなり、いまは乾いた洗濯物を山積みにする場所として活用している。新しいのを買おうと思ってはいるのだ。しかし比較検討するのが……。

だいたい、無駄遣いを憂さ晴らしと思っている時点で浅ましい。三十代でマンションを購入した友人の度胸は、私にはない。まるで欠点かのように、「私は休むのとお金の使い方が下手なんです」と記すのもセコい。勤勉な働き手であり金の亡者（もうじゃ）ではない印象を他者に与えたい、という邪（よこしま）な気持ちがある。私はみんなに気さくな良い人だと思われたい。それが無意味で無理難題だと、頭ではわかっていても。そもそも、働きすぎのうえにものを買わないことが美徳だった時代は、とうの昔に終わっているのだ。なんの自慢にもならない。いまはちゃんと休んで、稼いだお金を投資なんかで増やすのが賢いとされるんだもの。今年こそＮＩＳＡを始めてやる。去年も同じことを決意していたけれど。

なぜこんなことをグダグダ書いているかと言えば、弊社の期末が近いからです。そしてまたしても経費が足りない。トホホ。今期もよく働き、おかげさまでそれなりに稼ぎもあり、必要なものを経費で購入したほうが正しく節税できる状態になったというのに。

しかし、経費として認められる大きい買いものは、仕事用デスクとか来客用の椅子とか新しいパソコンの類なのだ。どれが最適解かを比較検討するのが面倒で、家具類はすべてＩＫ

EAで選んできた。

だが、そろそろ決めなければならない。パソコンはブォーンと唸り、IKEAの椅子はずっとガタガタしている。仕事環境を整えるのは満足のいく結果を得るうえでも必要であり、来期に先送りするより今期でカタをつけるのが「正しいお金の使い方」なのだから。

心新たにパソコンを開いてパソコンを検索する。途端に馬鹿馬鹿しい気持ちになる。どれを見ても、なにがなんだかわからない。興味がないからだ。いま使っている動作不良が否めないパソコンを、どういう基準で買ったかも記憶にない。あ、そうだ。これは当時の男が詳しかったから丸投げしたんだった。

次に、机と椅子を見る。こんな大きなものを新たに買いたくない、という気持ちが最初に湧き上がる。ちなみに、自宅のソファやサイドテーブルやベッドはほとんど実家から持ってきたものだ。私が子どもの頃から家にあった。ベッドフレームなんか、高校時代から使っている。コーヒーテーブルは小さすぎて、よく物が落ちる。新調したほうがよいと思いながら、捨てるのも忍びないとそのままにしている。

ああ、思い出した。私は捨てるのも苦手だった。自宅にある物品の半分は不用品だもの。気分が鬱々としてきた。こりゃ帰りにドラッグストアに寄らなくちゃ。

成果と結果

二十年以上前のこと。外資系企業に転職した女友達が、「今度の会社は、どえらい予算を社員のモチベーションアップに割いているんだよ」と含みのある顔で言った。社員に「この会社に勤めてよかった！」と思わせるようなイメージ動画の制作や、数々の「がんばったで賞」を授与するイベントを、派手にやっているのだという。

賞をもらえば昇給するのかと尋ねると、「そうじゃないから、恐ろしいんだよね」と女友達の口角が意地悪く上がる。大企業のあざとさを垣間見た気分になった。

部下のモチベーションアップ。管理職が頭を悩ませる問題だ。あからさまな不公平や悪事がまかり通っていたらやる気など出るわけがないが、かといってそれが雇用主や上司から一方的に授けられるものだとも思えない。なんか、うさん臭い。

私の「訝しがり」とは裏腹に、経営者主導のモチベーションアップ施策は、その後あっという間に日本企業でも広まった。経営者の甘言に労働者がうっすら騙されているだけではなかろうかと、私の警戒心と不信感は募っていった。

そんなことはすっかり忘れていた先日、二十代の友人と久しぶりにお茶をした。彼はまだ若く、しかし類稀なる観察力と、たゆまぬ努力と、自分を信じる良い心と、それらが引き寄せる運と縁のおかげで、ほかの同世代よりうんと遠くまで到達していた。見ている景色は、倍以上生きている私とほとんど変わらない。

彼は、自分と同じく大きな夢を持つ、同い年の仲間の話をした。仲間の青年はとても真面目で、正義感が強く、努力も欠かさない。ゆえに、不満が多かった。改善に取り組まない組織に不信感を抱いていた。友人はそれが歯痒かった。

友人は若くして、所属する組織がどれほど高く彼を評価しようとも、彼のためになにかをしてくれるとは限らないことを知っていた。知りたくなかっただろうが、学ばざるを得ない現場だった。それを知るにはあまりに若かったが、不貞腐れず笑顔で円満に組織を去り、自分で道を切り拓いた。誰かのせいにすることが、なんの助けにもならないのと同時に、思い通りにならないのは自分のせいだけではないこともわかっていたからだ。ならば、場所を変える。非常に理に適っている。

彼が働きやすいよう善処をしないと、損失を被るのは彼ではなく会社のほうだということも、彼は冷静に理解していた。なんという大人加減。人生三回目くらいに違いない。彼も彼の仲間も、それなりに大きな会社に勤めていたが、どちらも社員のモチベーションアップに力を注ぐような会社ではなかったのも事実。だがそれを「幸」とするか「不幸」とするかは、本人次第。

その頃、それなりの成果を出しても結果が積みあがらない若手に、私は手をこまねいていた。一生懸命なのは遠くにいても伝わってくるが、誰かからお墨付きをもらえないと不安なのか、正解を探るようなパフォーマンスばかりするので成果に説得力が生まれない。スポーツにたとえるなら、高揚感のない、微妙な勝ちが延々と続いているような状態。そうなると、応援してくれる人は増えない。応援する人が増えない限り、活躍の場は広がらない。優秀なのに、なぜ人の目を気にするような素振りばかりするのか疑問だった。

友人にその話をすると、彼は言った。「やりたいことがわからないからですかね。指示されたことだけ真面目にやっていると、そうなっちゃう」。なるほど。

不満だらけの青年も、結果が積みあがらない青年も、他者が自分をどう扱うかにばかり意識が向いている。それが人間のサガだとも思うが、残念ながら、そのやり方では前に進めない。しかも、会社はそれを教えてくれない。だって、強い自我を持つ社員は扱いづらいもの。

束の間のモチベーションなら、洒落たオフィスや心理学ふうのアプローチで外部からもたらすことはできる。しかし、持続性のあるそれは、自分のなかからしか湧き上がらない。結局は、他者の評価が気にならなくなるほどやりたいことを見つけ、やるしかないのだ。さもないと、かりそめのモチベーションアップ施策で、企業にとって働かせやすいだけの人間になってしまうから。

我々はポンコツだ

少し前に、とあるメディアから新刊についての取材を受けた。ありがたいことに、記者は拙著の愛読者だった。おかげで話も弾み、とても楽しい時間が過ごせた。

後日、掲載された記事を読んでみたら間違いが数ヵ所あった。いわゆる事実誤認ってやつだ。ウェブに転載されたものは即時修正してもらえたが、紙面のほうは後日訂正文を掲載することになると言われた。

誤認があったこと自体には、憤りも驚きもさほどない。掲載前に原稿の確認をさせない取材だったし、記者はインタビューを録音していなかったから。なぜどちらもやらないのか理由を尋ねたことはないが、「ここを修正して」「あそこをもっとこう書いて」と修正が入りまくった結果、提灯(ちょうちん)記事になるのを避けるためもあるだろう。確かに、政治家のインタビューや事件の証言など、公共性の高い事柄に関してはそれがいいのかもしれない。けれど、著者インタビューに関しては、録音も掲載前の原稿確認もナシが得策とは思えない。

インタビュー中に録音が行われなかったのは、記者の怠慢ではない。これも特定のメディアではよくあること。伝統的に引き継がれる技術というか社風のようで、記者は私が発した言葉をノートに必死で書き留めていた。録音データに頼らないこと、書かれた記事は事前に確認させないことのふたつは、記者という職種の矜持のように思える。記者たるもの、録音機材に頼らずメモで記事を書いてナンボ、というような。

だが、しかし。我々はほとんど誰もが等しくポンコツだ。メモを取り違えることも、聞き違いもある。私だってご多分に漏れずポンコツ人間だから、言い間違いもするだろう。記憶違いもあるだろうし、取材されるほうもするほうも、どうしたってヒューマンエラーを犯す可能性がある。今回のことは、原稿の事前確認が無理でも、録音さえしていれば防げた種類の間違いだった。それが残念で仕方がない。

取材中、必死にメモを取っていた、まだ若いあの記者のことが気にかかった。訂正文をとから出すとなると、始末書など書かされるのではないだろうか。先輩や上司から、怒られやしないだろうか。そんなことになっていたら、いたたまれない。

テクノロジーは、我々の生活をより豊かなものにするために発展した。ポンコツを根性でカバーしなくても済むように。ならば、存分に頼っていいと思う。それを甘えだとは、私は思わない。ミスを減らすことのほうが、ずっと大切なことではないだろうか。人間の集中力や処理能力には限りがあるのだから、インタビュアーには質問をすること、よい記事を書くことに集中してほしい。

家事なんかもそうだ。ルンバも食器洗浄乾燥機も、じゃんじゃん使えばいい。いまだこのふたつに後ろめたさを感じる人がいるが、洗濯機と掃除機はＯＫで、ルンバと食洗機がＮＧな理由がわからない。我々の気力体力にも限りがあるのだから、機械ができることは、機械がやればいい。

食器洗いが趣味だとか、ストレス解消になるならば無理に食洗機を使う必要はない。漆器には使用できないから、食洗機は万能ではないし。ルンバも同様だ。細かくやろうと思えば人の手が必要になる場面はあるだろう。だからこそ、大まかなところはザッと機械にお願いしようではないか。このご時世、朝から晩まで家事だけに集中できる贅沢な暮らしなんて夢のまた夢なんだし。

テクノロジーが生活と心を楽にし、毎日を豊かにしてくれるなら、じゃんじゃん頼ろう。後ろめたさなんてポイでいい。繰り返しになるが、我々はポンコツなのだから。

件(くだん)の記者が、所属するメディアに新しい風を吹かせてくれることを切に願う。録音なんてスマホですぐにできるんだもの。

人生の攻略法

先日のこと。とあるネットメディアから、自尊感情についてのインタビューを受けた。自己肯定力をどう身につけるか、どう養ってきたかなどについて話してほしいとのこと。最近、こういうテーマの取材が多い。

小一時間のインタビューを終え、インタビュアーさんや編集の方とコーヒーを飲みながら、私は自分のあり方を気に病む場面がグッと減ったんだなあとしみじみ思った。自尊感情が保てない場合についての質問に、「気持ちはわかるけれど」と前置きはしたが、その気持ちを経験したのは過去の出来事がほとんどだ。

思い返すと、自分と他者を比べて肩を落としたり、優越感に浸ったりしていた二十代も三十代も、己の敵は常に自分だった。もちろん、他者も時には敵だった。思いもよらぬ場面で不躾に、私という人間を相手が手にした世間のものさしで測られ、「長すぎる」とか「短すぎる」とジャッジされたことは誰にでもあるだろう。「結婚しているのに子どもがいなくて可哀相」とか、「美人なのに気が強い」とか、そういう類の言葉。あれは、不躾な言葉を放つ人が自分自身をものさしで測って傷つけてきた結果の二次被害みたいなものだ。「長すぎる」「短すぎる」と決めつける人間が、そのものさしを自身にあてないわけがない。世間という、漠とした不文律のものさしからはみ出さない、もしくは寸足らずにならない人間などいないのだから。当時はそんなこと、想像もできなかったけれど。

よって、「他者も敵だ」というより、さざなみの発端は他者の言葉だったというほうが的確かも。他者の言葉が心にポタリと落ちた瞬間、波紋が無限に広がっていったあの頃。年月を経て、これは自分の問題なのか、それとも他者の問題なのかを考え、切り離すことが上手になった。ポタリと不用意な言葉を落とされても、波紋はやがて鎮まる。加齢のおかげで気に病む体力が激減したのもある。気に病むことがないわけではないが、「まあ、いいか」までの距離は年々短くなっている。物忘れの一環だと思う。

とにかく、若い頃は気に病む力があり余っていたのだ。友達だってそうだった。大勢が狭い場所で、「世間のものさし」という刃を振り回しまくっていた。そりゃ怪我人だらけになるわけだ。いまはそれがない。だとするならば、エネルギーに満ち溢れた若いうちに自己を受容するのは困難を極めることになる。力の喪失が新たな獲得の種になるのは美しい物語ではあるものの、もうちょっとこう、「いますぐできる」みたいな方法はないのだろうか。

若い頃、微笑みを湛えた年配者に「年をとればわかるわよ」と言われると、私は白けた。いまわかる方法はないのかよ、と。同じ思いを若者にさせたくない。偉そうなことは言えないけれど、役に立てるなら、なにかしたい。だが、それが難しい。若い頃の自分すら説得できる気がしないんだもの。

たとえば、「他者より優れていない点があっても、あなたの価値は棄損されない」という、いまの私の五臓六腑に染みわたる言葉をヤング・スーに聞かせても「まあ、そうなんでしょうね。綺麗事としては」と鼻白むだろう。呆れ顔のヤング・スーの手を握り、「世の中はあなたを傷つけないようにはデザインされていない現実と、あなたの根源的な価値を傷つけることは誰にもできないという事実は同時に成立するのよ」と熱弁しても、ポカンとされるだけだろうし。なぜか。それらを我がこととして体感できる機会が、ヤング・スーにはまだないからだ。俗にいう場数だ。

結局は、もう少し長く生きるしか「わかる」にたどり着く術はない。人生ゲームの攻略本は作れるかもしれないが、実技の上達には時間が不可欠という意味。いかにも中年っぽい答えにたどり着いてしまい、我ながらゲンナリする。

若い頃、自意識をこじらせていない同世代もいるにはいた。彼女彼らには過信がなかった。等身大を見誤らない、ひとつの健やかな生き方だ。私はといえば、うぬぼれて調子に乗り、出来の悪さに打ちのめされてばかりだった。そこであきらめなかったからこそ、今回はダメでも次はやれると、のちのち自分を信じられるようになったのだが、そんなことを言ってもヤング・スーは馬耳東風だろう。

どうしたら、ヤング・スーを安心させられるか。みんなと同じ、もしくは優れている状態でなくとも楽しく生きられることには疑いがない現在、それを昔の自分に伝える術が見つからない。

すべてを糧に

二〇二四年二月、アメリカのポップスター、マイリー・サイラスが第六十六回グラミー賞最優秀ポップ・ソロ・パフォーマンス賞と、年間最優秀レコード賞を受賞した。二十年以上になる芸能キャリア初となる。よほど嬉しかったのか、授賞式のパフォーマンス中に「グラミーを受賞したわ！」と声をあげたほどだった。

以前、拙著『これでもいいのだ』でもマイリーを取り上げた。著名なカントリーシンガーを父親に持ち、子ども向けケーブルテレビで大ヒットドラマの主役を務めたのが十三歳の頃。そこから押しも押されもせぬトップアイドルになった彼女が、純真なイメージを払拭せんとばかりに性的な出で立ちで向こう見ずなパフォーマンスを行ったのが二十歳の頃。その様子に世界中が眉をひそめつつ、夢中になった。ゴシップばかりが話題に上るようになったのは、過去のイメージから脱却するための変化がいささか過激だったからだろう。

一方で、キャリアを重ねるごとに音楽性はどんどん研ぎ澄まされていった。リリースされた三枚のアルバムですべて全米一位を記録したマイリーは、四枚目のアルバムの収録曲「レッキング・ボール」の挑発的なミュージックビデオで再生回数約九億回を記録。アルバムも再び全米一位を獲得した。「ゴシップだけ」ではないことを数字で証明したのだ。

そして二十四歳になったマイリーは、カントリーロック調のアルバム『ヤンガー・ナウ』をリリースした。ナチュラルな姿を晒し、「過去の自分を恐れはしない……変化こそが私が信用しているもの」と歌った。これまでの騒動も、再び自分を獲得するために必要な長旅だったと作品から伝わってきた。自己表現に過激なモチーフを必要としなくなったのが二十四歳と考えると、早熟とも言える。

以降、マイリーは自立した女性の姿をますます楽曲で寿ぐようになった。次のアルバムでは「私は誰にも属さない　あなたに愛される必要はない」と歌い、最新アルバム『エンドレス・サマー・バケーション』の先行シングル曲「フラワーズ」では、「私は自分に花を買うことができる……あなたよりも私を愛することができる」と歌った。なんとシンプルで力強い言葉だろう。この曲で、ようやくマイリーにグラミー賞が巡ってきた。彼女は三十一歳になっていた。なにを言われても、自分を信じて続けていくことの重要性を、まざまざと見せつけられた。

授賞式では自身の名付け親であるカントリーシンガーのドリー・パートンをイメージしたグラマラスなビッグヘアと、鍛え抜いた肉体をキラキラのヴィンテージドレスに包み熱唱した。肉体からも歌唱からも、日頃から類稀なる努力を続けていることがわかる。そのプロ意識とは裏腹に、スピーチは愛嬌に溢れ、生来の親しみやすさを感じさせるものだった。私生活では結婚・離婚も経験したが、それすら糧にし、欲しいものをすべて手に入れた女の輝きを存分に放っていた。

マイリー・サイラス、テイラー・スウィフト、アリアナ・グランデ。アメリカのティーンが夢中になる女性アーティストは、傷も悲しみもすべて受容し、自分の足で前に進む意味を、楽曲を通して教えてくれる。説教臭さはまるでない。彼女たちの楽曲を愛し育ってきたティーンが、将来どんな大人になるのか楽しみで仕方がない。

ところで、マイリー・サイラスの「フラワーズ」はいま、憂き目にあっている。「私は自分に花を買うことができる」というサビの歌詞が印象的なこの曲は、ブルーノ・マーズの大ヒット失恋ソング「When I Was Your Man」の歌詞「君に花を買ってあげればよかった」へのアンサーソング的な解釈をされがちなのだが、なんとブルーノの楽曲の権利の一部を保有する投資会社が、楽曲の盗用だと訴訟を起こしたのだ。投資会社はマイリーだけでなく、楽曲制作に参加したソングライター、楽曲の著作権管理をする会社、アップル、ウォルマート、ターゲットらも提訴している。楽曲を生んだブルーノ本人は原告に名を連ねていないのに、一部の権利を持つ者が我が物顔で訴訟を起こすなんて。二〇二四年九月末現在、マイリーからコメントは出ていない。いやあ、どうなることやら。

ネオ・やさしさ

最近、二十代の男性がすこぶるやさしい。十年くらい前にも同じことを感じたが、その時は、双方が互いの恋愛対象ゾーンから大きく外れた結果、肩肘を張らずにコミュニケーションできるようになったからだと思った。「大人からちゃんとした社会人だと思われたい」というほのかな欲望も伝わってきたし、彼らにも多少の打算があったと思う。

最近の二十代が発するネオ・やさしさは一味違う。細やかな心遣い、家族を大切にしていること、第三者への惜しみない賛辞などを、一切隠そうとしないのだ。献身的で、人としてまっとうに、大っぴらにやさしい。

たとえば、なにげない会話でポロリとこぼした私の悩みを覚えていて、あとから解決策を提示してくれる。異性の友達が重そうな荷物を運んでいたら、茶化したりせず自然に手伝ってあげられる。

彼らの大っぴらなやさしさには、まるで照れがない。粗暴な不良が実は路地裏で捨て猫に餌をあげていたというようなニュアンスは皆無。我々就職氷河期世代より上の男性が若かった頃には、なかなか見られなかった特徴だ。身内の、特に女にやさしくすることなど、彼ら

（86）

にとってはご法度(はっと)ではなかったか。

男性像、女性像のあるべき姿が強固な昭和生まれにしてみれば、女にやさしい男は下心があると冷やかされるのがオチだった。母親を大切にすれば、マザコンと決めつけられた。妻を対等に扱えば、「尻に敷かれている」と揶揄された時代の話だ。男たるもの、女、子どもを守って養ってナンボという価値観は、男は常に人の上に立ち、強くあらねばならないという呪いを醸造してしまった。

同世代の男性から、「可愛いものや甘いものが好きだけれど、恥ずかしいから一緒に店に行ってくれ」と頼まれたことが何度もある。戦うこと、競うことを善とし、やさしさを唾棄する価値観を押し付けられているのは、間違いなく男性側だった。どこでガラッと変わったのだろう。

ネオ・やさしい当事者に尋ねてみると、彼らは草食系男子第一世代らしい。「草食男子」は二〇〇九年に新語・流行語大賞のトップテンに選ばれた言葉だから、当時の中学生がいまのアラサーだ。個の尊重を学び、異性を獲得することだけが男の価値ではないと学生時代に学んだ世代。

ネガティブな意味で、「いまどきの若い男の子はガツガツしていない」と語られることがある。仕事しかり、恋愛しかり。積極性に乏しいという意味だが、はたしていままで礼賛されてきた積極性は、誰を幸せにしたのだろう。一部総取りの不公平な競争システムと、異性をモノ扱いする消費文化を生んだことだけは間違いない。

こんなふうに変わるのだから、二十年後の日本はもっと変わっているかもしれないと期待に胸を膨らませる一方、男社会で男から排除されないためにやさしさを手放した中高年のことを思うと憂鬱にもなる。

彼らは生まれつきやさしくなかったのではない。やさしさを用いると、男とみなされなくなる時代に生まれただけなのだ。彼らを前時代の残滓(ざんし)として除(の)けものにするのは、ちょっと違う気もする。と同時に、この件に関しては女にできることはほとんどないとも思う。気の毒だが、男同士でなんとかしてもらうしかない。

親との関係

最近の若者は親と仲がいい。そう言われるようになって久しいが、二十代の人たちと話をすると、思った以上に親との関係が密で驚く。反抗期などなかったし、反抗の必要も感じなかったと口にする若者を、私は何人も知っているのだ。

ある二十代前半の女性は、「母親が理想の女性」と言って憚(はばか)らないし、服を買う時には必ず試着室から母親に写真を送り、どれが似合っているか意見を聞くという。ある二十代後半の交際経験のない男性は、「うんと年上の相手を連れていったら、お母さんはどんな反応をすると思う?」という私の意地の悪い問いに、「驚くでしょうけど、本当に好きな人ができたことを、母はとても喜んでくれると思います」と、臆面もなく言った。我が二十代を振り返ると信じ難いエピソードばかりだが、こういう話を、自立心がないとかマザコンだとか、一卵性親子と揶揄するのは、ちょっと早計な気もしている。

若い私が親に服や恋愛の相談をしなかったのは、顔をしかめられたり、茶化されたりすると相場が決まっていたからだ。親が好むような服を好きだった記憶は皆無だから、服のことはまあ仕方がない。恋愛話については、それがご法度な家庭ではなかったが、両親ともにプロがアマチュアの揚げ足をとるように茶化してきたことが非常に癪に障ったのを覚えている。自分の選択は、なんらかの形で親に批判されたり茶化されたりするものだった。思春期以降の親子の関係なんて、そういうものだと思っていた。好きに選択して、「まったくもう……」と呆れられるところまでがセット。親と意見が異なることこそが自我の芽生えであり、心身ともに一体化していた親との分離が自分の成長を促すと、私は信じて疑わなかった。

親との関係が良好な最近の二十代に話を聞くと、彼らの親は子どもの選択を一方的に批判したり、茶化したりすることがないそうだ。カウンセラーとまでは言わないが、基本的に傾聴の姿勢を保っている。反対する時は、配慮を保ちながら対等な相手として子どもに意見するのだそう。

よく考えれば当たり前の話だが、ろくに話も聞かず否定する人や、からかいばかりが先に立つ人に心の内を話したくなくなるのは、大人も子どもも同じなのだ。親子関

係が良好ないまどきの親は、不均衡な権力を盾に、子どもに恥をかかせるようなことをしない。それだけが理由ではないだろうけれど、仲良し親子の一因としてはあると思う。

かく言う私も、いま考えるとゾッとするほど心配させるようなことを、天真爛漫(てんしんらんまん)に母親に伝えたことがある。困惑顔の母が発した「あなたが幸せならそれでいい」という言葉には、いまだ支えられている。批判なしに受容された安心感が、私の自尊感情を育てた。あの母親の態度は「なんでも許す甘い親」というのとは決定的に違った。ありがたいことに、日常的なあれこれには顔をしかめたり眉をひそめたり茶化したりする我が両親だったが、私の大きな決断や判断には、そう批判的ではなかったのだ。

いまの二十代の親は、私と同世代か、少し年上だ。昔を思い出し、自分の親を反面教師にしているのかもしれない。やられたことを無自覚に繰り返すのが人の業(ごう)だと思っていたが、そうでもないのかも。

常に祝福され育ってきた二十代をうらやむとともに、老婆心ながら心配事もある。彼らが社会に出たら、頭ごなしに否定したり、からかったりと、恥をかかせる悪い大人がわんさかいるからだ。なにかと弱いと言われる世代だが、外に出た途端そんな扱いをされたら、びっくりしてそりゃ心も折れるよなと、同情もする。

親世代は親世代で、経験不足だが対等な相手として若者に対応する術を知らない。大きな会社なら管理職向けの研修があるだろうが、そういうところばかりではないし。研修程度ではなかなか肚落（はらお）ちさせられないということも多いだろう。部下と我が子は、たとえ同世代でも別ものだ。厳しく指導した部下が出社拒否にでもなったら、管理職世代はペナルティを喰（く）らう。それを恐れ、「自主性に任せる」という大義名分を盾に十分な指導をしない人もいる。

私の観測範囲に限って言えば、社会の本音と建て前に敏（さと）い若者だけがグングン成長している。頭ごなしの批判や茶化しはもってのほかだけれど、誰も叱ってくれない環境でサバイブするのは、それはそれで無理なゲームだとも思う。

忘れてはならない

二〇二二年十一月、ツイッター（現・X(エックス)）でとんでもないつぶやきが目に入った。

流れはこうだ。都内某大学の学生が、ゼミの志望に関し担当教授にメールで問い合わせた。返信の概要は「女子は応募すれば基本的に採用」だった。応募要項には「男女問わず募集」とあったにもかかわらず。

該当の学生は男子だった。ただし、彼の名前は女子の名前としてもありうるもので、教授は彼を女子と思い込み、「念のため」と、彼の性別を確認してきた。

彼は、自身が男子であることを伝えた上で教授と面談した。女子は女子というだけで優先的に採用されるのかを問うたところ、「公式に言えば問題になるから言えないが、あなたが女だと思ったから。そうではないなら……」と教授は言葉を濁した。

しかも教授は「あなたがあんな名前をしているから」と、彼の美しい名前までこき下ろした。誕生を喜んだ人が幸せを祈りつけたであろう名前を、自身の失態をささいなものにするためにさげすんだのだ。私の腸(はらわた)が煮えくり返る。

一流企業出身の六十代の教授は「うっかりしていた。私的な会話なので忘れてください」

と悪びれる様子もない。無責任な大人に対し、学生は声を荒らげることもなく対応していた。どんなに腹立たしく、胸が痛んだことだろう。

教授はなおも開き直る。(公式には言えなくとも) 腹の中でどう思っていようと自由だ。実際に (採用者を) 決めるのは権限を持っている自分。アメリカでも「人種で採用を決める」と表立っては言えないが、実際にはそういうことがある。四の五の言われる筋合いはない、と。

人間を肌の色で判断し、白だ黒だと連呼した挙句、機会の平等は与えるが、結果の平等はないとも言った。性別で選別し、機会の平等など初めから与えていないにもかかわらず。大人の対応として、これほど醜いものがあるだろうか。

会話の詳細がここまで把握できたのは、学生が教授との会話を録音しSNSに公開したからだった。学生さん、グッジョブ！　泣き寝入りせずにいてくれてありがとう。

「世間はそんなもの」というような教授の口調には落胆させられた。社会がどんなに不平等・不公平だろうが、それを理由に学生を絶望させてはならない。そんなものは社会勉強には入らない。冗談じゃない。

この件はすぐさま大騒ぎになり、ニュースにもなった。大学は内部調査委員会を発足し、教授は二〇二二年末に懲戒処分された。つまり、事実だった。公然と性差別を行い、人種差別を語る教授は存在した。

差別を受けた男子学生の心が、一日も早く癒えることを祈ってやまない。ふざけた不公平がない社会にしていかなければならないと、私の心も奮い立つ。

この件で差別されたのは男子学生だけでなく、女子学生でもあることを忘れてはならない。事件発覚後、当該ゼミの女子学生たちは、「女だから入れたんでしょう？」という目で他者から見られたことだろう。女にいらぬ下駄を履かせ、能力を無効化するやり方だ。不平等を是正する〝アファーマティブアクション〟とは異なるふざけた行為だ。こういうのがいるから、女の人生はイージーモードだと言われるのだ。本当に、馬鹿にするんじゃないよ！

世にはびこる「女はいいよな」言説のからくりを、これほど可視化した事件もない。一見、女が得をしているように見える事象は、女の意向とは無関係に、一部の不誠実な権力者が歪（いびつ）な欲望で恣意（しい）的に作り出したものなのだ。結果、女も男も社会も大損をする。こういう権力者がいるせいで、男女が無意味に対立する構造が簡単に生まれてしまう。

「女なら基本的に採用」は、男のことも女のことも同じ人間として見ていない証なのだ。男女で対立している場合ではない。敵は頂上にいる。それを絶対に忘れてはならないのだよ。

守るに値するもの

「プライドを賭けた闘い」という言葉がある。闘いのあと勝者のプライドは保たれる一方で、裏を返せば敗者のそれは損なわれる。つまり、プライドは他者が棄損できる類のものなのだ。闘いというシステムに勝者と敗者を産み落とす業がある限り、これは自明の理。

私にも、そんな危ういものを賭けてまで業の深いシステムに身を投じたことが何度もある。拳と拳を突き合わせる喧嘩ではなく、仕事のコンペやプライベートの競り合い(せりあい)など、健やかに生きるためには取るに足らないことばかりだったけれど。

プライドを賭けて闘う時、私は自己肯定感を欲していた。これに勝てば、私は自分にOKが出せると。しかし運良く勝っても、私の手に入ったのは自己肯定感より優越感だった。優越感はプライドと呼べるシロモノなのだろうか。にもかかわらず、勝てば勝ったで、私は揮発性の高い優越感にいつもラリッてしまっていた。プライドが保たれたとすら思っていた。自己肯定とは程遠い感情だったというのに。

プライドを語る時、そこにはいつも他者がいた。誰かから奪うものでもなかろうに。本当に守るに値するものは、プライドよりディグニティだ。そう考えられるようになったのは、うんと大人になってから。ディグニティは、誇りや尊厳や品位を意味する。ディグニティは他者から棄損されることがない。なぜなら、己の内面で培(つちか)うものだから。

　とある知人の振る舞いを見て、胸がつぶれる思いをした。不躾な他者から、何人(なんぴと)たりとも踏み込んではならぬ領域に足を突っ込まれているのに、平気な顔でいるのを見てしまったのだ。感情をむき出しにするのは負けと思っているようにも見えた。つまり、知人が賭(と)していたのはプライドだ。棄損などされていないと、平気なフリをすることでアピールしたのだ。誰に？　他者に、そして自分自身に。へっちゃらなフリなんて、傍から見ればスカしているだけだとすぐわかるというのに。猛然と怒ったほうが、よっぽどプライドは守られるだろうけれど、それには十分な自己肯定と自己受容、つまりディグニティが必要だ。知人には、まだそれが足りなかったのだろう。

　プライドとディグニティの違いを悶々と考えながらネットを検索していたら、「サイコロジー・トゥデイ（Psychology Today）」というサイトでジョン・アモディオ博士が書いた記事にたどり着いた。著者の経歴を検索すると、心理学の博士号を持つＭＦＴ（結婚と家族の問題に関するセラピスト）とあった。書籍も数冊執筆している。

　著書は未読ながら、彼の書いた「プライドとディグニティの三つの重要な違い（Three Vital Differences Between Pride and Dignity）」という記事は腑に落ちた。「プライドは自己イメージの肥やし、ディグニティは心の栄養」「プライドは自分の優位性を高め、ディグニティは謙虚さと感謝を含む」「プライドは自分の外側で起こることに依存し、ディグニティは内側に存在する」。見出しだけで、言わんとすることは伝わるだろう。他者を養分として上がったり下がったりするのがプライドで、自己をみつめ他者と健全に関わる時に必要なのがディグニティだ。プライドは他者にコントロールされる危険性を孕（はら）むが、ディグニティは危険な人たちから自分を遠ざけてくれる。

誰もが自己を健全に肯定したいと願っているが、それがなかなか難しい。「プライドはないの⁉」というキメ台詞があるが、本当は「ディグニティはあるの⁉」のほうが適切な気がする。そもそもプライドは役に立たないのだから、むしろ有害な存在とすら言える。ちょっとした外的刺激で良い方向にも悪い方向にもブレる不安定なシロモノがプライドなのだから、そりゃそうだよな。プライドはディグニティの足を引っ張ることさえあるから、そんなものと親しく付き合う必要はない。私だってそうしたい。

そのほかにもいろいろとディグニティに関する記

事を読んでみたが、どうやらディグニティを育てるには、時に他者より優位に立ちたいという愚かな欲を持ってしまう、傲慢で臆病で傷つきやすい自分をまるっと受容する必要があるらしい。なんという難題。そんなこと、私の狭量なプライドが許すだろうか。

息をひそめてグイグイと

世の中には、なにごとにもグイグイいける人と、そうでない人がいる。私は後者だ。グイグイ。私の定義では、なかなかに望みが薄い場においても気にせずグイッと入っていき、周囲の微妙な反応もおかまいなしに「私を選んで！」と粘れる行動のことだ。私は昔からこれができない。

グイグイいけない理由は、年を重ねて変わった。昔は自分に自信がなさすぎて、少しでも旗色が悪ければ、仕事でも恋愛でもすぐに怖気（おじけ）づき退散した。そう簡単にはあきらめられないくせに、「やっぱり私じゃダメか……」と、遠くからうじうじするばかりだった。

年を重ね、健やかな自尊感情を保てるようになった。すると仕事では「ご縁があれば巡ってくるはずだ」と鷹揚（おうよう）に構えられるようになった。グイグイいけないことに変わりはないが、縁がなかったとしても、指をくわえてじっと見ているようなことがなくなったのだ。

恋愛では、相性が良い人をおおよそ見分けられるようになった。下衆な言い方をすれば、打率が上がった。要は、グイグイいかずともなんとかなるようになった。

先日、友人が店主をしているビストロに立ち寄った時のこと。私のほかにもうひとり女性客がおり、彼女はどうやら店主をいたく気に入っているようだった。私が入店すると、彼女は静かに読書をしながらカウンターで食事をしていた。にもかかわらず、彼女が彼をロックオンしているのがビンビンと伝わってきた。今夜はテコでもここから動かないぞという決意のような、言葉にならないグイグイの波動が飛んできて気圧(けお)されそうだった。

店主には長年の付き合いになる恋人がいる。女性客もそれを知っている。話しかけられれば店主はにこやかに対応するが、それ以上の気持ちがないことがハッキリとわかる態度だった。にもかかわらず、この女性客は一貫して「だからなに？」という風情なのだ。隙あらばと獲物を狙い、ジーッと息をひそめて藪(やぶ)の中にいるキツネのような感じ。鼻息荒い動的グイグイとは対極にある、静的グイグイと言えよう。

閉店間近になり、女性客が会計を頼んだ。私も次いで会計を済ませる。帰ろうかと荷物をまとめていると、女性客は打って変わって怒濤のように店主を質問攻めにした。なるほど、会計を頼んだのは、私を先に帰すための作戦だったのね。

後日店を訪れると、あの夜は彼女が粘りに粘り、店を閉められたのは朝方だったと店主がこぼした。なんという災難。ハラスメントの域だ。

どれだけ自分に自信があるのかしらと皮肉まじりに言うと、店主は首を横に振り「ああ見えて、自信がない人なんですよ」とため息まじりに答えた。彼女は店主と真剣に付き合いたいわけではないらしい。遊び相手を探しているだけで、そういうことを繰り返しているのだそうだ。

私は、腰が抜けるほど驚いた。

性的に求められると差し出してしまう人の自尊感情が低いのは理解の範疇だが、求められぬ場で自分を選べと居座り続ける胆力は、よほど自信がある人しか持てないと思っていたから。

この話を女友達にしたところ、彼女の知人にもグイグイできる女性がおり、曰く、黙っていても誘われない女こそ、グイグイいくべきだと思っているそうだ。確かに、仕事でそういう人がチャンスをものにするのを見たことがある。続くかどうかはわからないけれど。

グイグイが万事に功を奏す作戦なのかはわからない。しかし、気持ちをうまくなだめただけで、一度もグイグイしないままいい年になってしまった自分を情けなくも思った。気力体力的に、これから先は無理だろう。恥も外聞もなく、望み薄の場で粘りに粘るグイグイ、一度くらいやってもよかったかも。

時には和を乱してでも

二〇一九年。台風十九号の被害状況を見ながら、避難所で生活する女たちに思いを馳せた。生理、授乳、衛生面、冷え、体力の乏しさ、などなど。緊急事態に放り込まれた途端、「余分なこと、この場で望むには贅沢なこと」として切り捨てられる、女の体にまつわる事柄は多い。

どの自治体でも、非常時のまとめ役は男性が担っている場合がまだまだ多い。女のあれやこれやが、生きる上でどれほど深刻か伝わらないのだろう。老人や子どものことは気にする人でも、健康な女と自分のあいだにも、日常生活にまつわる事柄でかなりの差があることは認識できない。生理や授乳と身だしなみを並列に語るのはいささか気が引けるが、清潔であれ、身なりを整えよ、身繕いの最中を他者に見せるな、と幼い頃から教え込まれてきた女たちにとって、プライバシーのない生活と、普段通りに暮らせないストレスは、非常時を生きる力をガリガリと削ることだろう。日常生活で「はしたない」とされる状態を甘んじて受け入れなくてはならない範囲は、被災時の生活において男女のあいだに雲泥の差がある。

東日本大震災のあと、長い避難所生活で久しぶりにメイクをしたら、気持ちがグンと上向いたと語る女性の記事を読んだことがある。「まだまだ続く非常時に化粧なんて」と眉をひそめられたらしいが、そんなことは気にしないと言っていた。

こういう話を聞くと、化粧は本来、自分のためにする行為なのだと確認できて嬉しい。忘れがちだが、身繕いは誰かのご機嫌を損ねないためにするものではない。自分の心と体を健康に保つためにすることだ。

何事にもＴＰＯはあるが、女たちは和を乱すことを恐れすぎるきらいがある。非常時のメイクに眉をひそめた人のなかには、女だっていたはずだ。やりたかったら自分だってやればいいのに。手持ちがなかったら、貸してほしいと頼めばいいのに。自由闊達（かったつ）に振る舞う人が気に障るのは、我慢していることがあるからだろう。

声高に理想論をぶち上げたが、他人の目を気にしない人を見てズルいと感じたことなら私にもある。それが理由で損害を被ったことなど一度もないのに。単に臆病で、自分にはできなかっただけだというのに。

舌の根の乾かぬ内に正反対のことを書くけれど、そういう時に「誰の目も気にせず好きにやればいいじゃない」と言われると、胸がギュッと押しつぶされるような気持ちになった。後ろ指をさされたくないから私にはできないと喉まで出かかって、言葉を飲み込む。臆病者だとも思われたくないからだ。そうやって、謂（いわ）れのない非難を避けたいがために、人に迷惑をかけたくないから我慢しているのだと自分を納得させる。

思い返すと、誰かを「ズルい」と思う感情の裏には、「私は我慢しているのに」が隠れていることが多かった。しかし、胸に手をあて考えてみると、誰かに我慢しろと言われたわけでもないことを我慢している場合も多々あった。なにか言われたら、反論すればいいとはなかなか思えなかった。

私だけでなく、戦うこと、主張することをよしとされてこなかった女たちは、どんな時でも悪目立ちで顰蹙（ひんしゅく）を買わないよう、羊のように群れに紛れ、個の輪郭をぼやかすことに執心する。こういった特性が、緊急時に自身の命を危険に晒すことを忘れてはならない。

誰かに迷惑をかけない限り、いや、生きている限り誰かに迷惑をかけることはあるのだから、私たちはもっと自由に振る舞っていい。後ろ指をさされても無視できる力、嫌みを言われたら言い返せる力が欲しい。自分を健康な状態に保つには、私は主張してもなんら問題がないという自負が必要。弁（わきま）えてばかりはいられない。

不躾なことをされたら、何人たりとも越えてはならない一線がある、と抗（あらが）える強さ。あなたには無価値でも、私には必須なのだと恐れず主張する力。自己犠牲に走らない胆力。どれもいままでは、「女がそれを備えたら、和を乱す」と言われていた力だ。だから、厄介なのだ。禁忌事項を必須事項の枠に入れ直すのは至難の業だもの。でも、練習しなくちゃ。

非常時は、いつも突然やってくる。女たちには、水や食料以外にも、備えておかなければならないことがある。

自分にしかできないこと

実るほど頭を垂れる稲穂かな。

辞書には、稲の穂に実が入ると重くなって垂れ下がるように、学徳が深まると、かえって他人に対し謙虚になることのたとえとあった。子どもの頃は、偉くなっても威張ってはいけませんという、単なる注意喚起だと思っていた。

仕事を始めてから、見解は少しずつ変わっていった。骨身にしみ始めたのは三十代前半。できることが増えれば増えるほど、できないことが鮮明になる毎日に唖然としていたから。なんでもできると仕事を見くびり、尊大だった二十代の自分を土に埋めたくなった。

最近になり、頭を垂れる稲穂についての考察を深める機会がまた増えた。国籍不明の偽名で仕事を始めて十五年くらいになるが、考えを四方八方に巡らせて、私にできることを工夫しながらやっている。他人様のお金や時間を拝借したら、相手に損をさせてはいけないから。

そして、やればやるほど思う。私にしかできないことなど、この世にひとつもない、と。「おまえの代わりなんかいくらでもいる」と言われた経験は一度もなく、自分が取るに足らない存在だと感じているわけでもない。もっと朗らかに、古から存在する自明の理として、私でなくてはダメなことなんて、少なくとも仕事においてはまるで存在しないとしみじみ思うのだ。こう考えられる状態を、私は非常に健やかに捉えている。

発注された仕事に120パーセントの結果で応えれば、次の仕事がくる。それはそう。締め切りをちゃんと守れば、依頼はまたくる。これも本当。発注したい仕事の第一想起に自分が出てくるようになれば、まあまあ安泰。それも事実。

だが、それだけでは好機は続かない。二度目のチャンスは巡ってきても、チャンスが次の大きなチャンスを呼び、恒常的に連鎖するまでには至らない。一生懸命頑張っても同じところから前にも上にも進めず、やがて疲弊することになる。意地の悪い話だが、他者の働きを見てそう感じる場面が多い。やってもやっても、労力に見合うだけの実績が積めないのだ。

稲穂のたとえで言うなら、「学徳が深まると」と「かえって他人に対し謙虚になる」のあいだに「自分の代わりなど大勢いることがわかって」が入ると知る瞬間。そこに至ると、仕事の発注書には書かれていない、善意と敬意と健全な好意をもって相手に接することが、後に大きな違いを生むことを知る。ここで「私なんかが」と自己卑下のターンに入ると、チャンスのループからは永遠に外れる。

へりくだれ、おもねれ、という話ではない。あなたが私を気にかけてくれていることを、あなたが私に期待を持って接してくれていることを、私は心から感謝しているという態度を常に示す必要があるという意味だ。形式だけではない、実態のある礼節。

なぜそれが必要かと言えば、実態のある礼節は相手を安心させ、幸せな気持ちにさせるから。メールで使う言葉ひとつ、挨拶ひとつに謙虚かつ繊細な態度は宿る。言わなくてもわかるでしょ、は恋愛や家族といった人間関係において同様、通用しない。

この定め事を理解している人にやってくるチャンスは、どんどん大きくなっていく。そうやって、一足飛びに階段を駆け上がっていく。定量化できない、目に見えぬ感情の動きが次の好機を引き寄せる様子を傍から見るのも醍醐味がある。

こういう話をすると、人たらしみたいなことはできないと不満げな顔をする人がいる。私は不器用だから、という声もよく聞く。ならば仕方がない、そのままそこにいるしかないよと私は思う。不器用を加味して掬い上げてくれる仕事相手など、そうそういない。

自分にしかできないことを見つけようとした人が、そんなものはないと朗らかに知る瞬間は必ずくる。それはまるで、逆・青い鳥。目の前のことを淡々と誠実にやり続けていると、私はとても幸せだと感じられる時がふいに訪れる。青色の鳥を探す必要は、もうない。

第3章

大人の醍醐味・中年の特権

さみしさを感じたら

十年以上前のこと。女友達が「おかしい人はみんなさみしい」とつぶやいた。確か、私たちは会社にいた変な人の話や、突拍子もない意地悪をしてくる親戚の話をしていた。やや唐突に発せられた言葉だったが、その場にいた面々はみな、瞬時に意味を理解し黙り込んだ。そうだ、おかしい人はみんなさみしいんだ、と。

私はそれまで、人に迷惑をかける奇行に及んだり、辻褄の合わない行動に出たりする人のモチベーションがわからなかった。なぜ、リスクを冒してまでそんなことを？　と。しかし、さみしさがそうさせると考えると腑に落ちることが多すぎる。己のさみしさを認められない人は、他者の関心を引き出すために、わざとノイズを起こす。迷惑としか感じていなかった行為の裏側を覗いてしまった気まずさとやるせなさで、私の胸はいっぱいになった。

年月が経ち、「おかしい人はさみしい」に、ますます確信をもつようになった。自分だってそうだ。おかしいことをしている時、私は同時にさみしさを抱えている。

近ごろ、「大人になってから友達を作るにはどうしたらよいか？」という相談を各所から受ける。主に取材で。中年にさしかかり、友達が少ないことを気に病む人は思ったより多いようだ。

なぜ友達が欲しいのかを尋ねると、たいてい「たわいもない話を聞いてくれたり、一緒に行動してくれたりする人が欲しい」とか「大人になって友人が少ないのは見映えが悪い」とか「昔は平気だったが、さみしくなってきた」というような答えが返ってくる。私は途端に鼻白み、「自分に都合のいい人が欲しいなら、お金を払って雇えばいい」と、ぞんざいな答えをしてしまう。

私にとって友人とは、なにかあったら万障繰り合わせて駆けつける相手のことだ。してほしいことがある相手のことではない。

これもまた友人の言葉だが、「自分主演、自分監督、自分脚本の舞台に脇役で出演してくれる人などいない」のだ。誰もが人生という板の上で、自分が主演の舞台を懸命にまっとうしようとしている。誰がどう思おうとも、脇役などひとりもいない。

さみしい人は、なぜさみしさを感じるのか。やや手厳しい物言いになるが、自分のことしか考えていないからだろう。我が身を振り返ってみてもそうだ。さみしさを抱えながら、他者へ豊かな思いを馳せることが私はできない。「どうしてこうしてくれないのだろう」としか思えない。

さみしい時は、手始めに誰かに心を寄せてみるとよい。あの人はいま困っていないかな、元気でやっているかなと考えると、雪原に取り残されて冷え切った心の塊が、少しずつ溶解される。家族や友達でなくたっていい。よく行くコンビニの店員さんだっていい。

心の暖を取るためだけに他者を利用するのはさもしい行為だが、おかしくなる前の予防策として控えめに嗜（たしな）むのは悪くない。自分ばかりが周囲を思いやっているように感じたら、思い切って人間関係の河岸（かし）を変えてしまおう。相手を思い、行動し、自分にも同じようにしてくれる人が、かけがえのない友人になるのだから。

心が大怪我する前に

私は人付き合いが得意なほうではない。仕事なら頑張るが、プライベートでは決まった友達としか会わないし、顔馴染みの集まりでも、大人数が集うと聞くと途端に腰が重くなる。いまも変わらぬ付き合いを続けてくれる友人は、高校や大学のサークルで知り合った人が多い。私の財産だと胸を張って言える。

一方、縁が切れてしまった人もたくさんいる。「ずっとずっと仲良しだね」と誓った小学校時代の親友。毎日のようにつるんでいた大学時代の同級生。理由はさまざまだが、それぞれの環境が変わったことが最も大きい。環境の変化に耐えうるだけの友情もあるが、盤石と信じているいまの友情だって、この先どうなるかはわからない。

同世代の男友達に、鬱を患ってからアルコールに頼るようになってしまった人がいる。もともと人付き合いが苦手なほうで、私が知る限り、彼が現在でも連絡をとっているのは私ともうひとりだけ。たまに連絡し、健康状態を聞いたり、通院を促したり、会って話を聞いたりする。できる限り続けるつもりだが、彼の役に立っているのかはわからない。

人付き合いは柔軟体操のようなもので、頑張ればある程度まではできるようになる。しかし、不安定な双方向コミュニケーションは面倒極まりないため、柔軟体操と同じく習慣になるまでが難しい。やらなければすぐ元に戻ってしまうのも柔軟体操に似ている。

身体が硬くても若いうちは困らないが、中年以降は怪我のもとになる。それと同じで、人付き合いを避け続けていると、年を重ねてから孤独を持て余し、心が大怪我をする羽目になる。そういう話を聞き始めるのは四十代後半から。

孤独は死なないペットのようなもので、飼いならすのは本当に難しい。アマゾンに生息する蛇なんかの比ではない。孤独が望む通りに面倒を避け人付き合いを減らしても、孤独を太らせるだけだ。そうなると、飼い主である自分の心がやせ細っていく。孤独とベッタリの生活では身を滅ぼす。たまに感じるくらいがちょうどいい。

環境が変われればどうしたって人間関係も変わるのだから、ある程度は絶えず新しい付き合いを模索していくのが妥当なのだろう。「人付き合いが苦手です」なんて、悠長なことを言ってはいられない。柔軟体操なんだから。

人といれば孤独が癒やされるわけでもないのが、次の問題だ。必要なのは他者や場に受容されること。これには縁と運と時間がいる。しかし家でひとり籠もっていたら、箸にも棒にも掛からない。自己受容は他者に受容されることとセットで育つ。健やかな生活に必要なのは「安心と安全と受容」だと私は思っていて、それらはひとりでは築けない。自立と孤独をないまぜにしてはいけない。

(116)

先日、中学の同級生が逝去した。ずっと健康だったのに、突然。お葬式では、憔悴したご両親と気丈に振る舞う奥様、残されたお子さんたちの姿に胸を痛めた。こういうことが起こる年齢になったのだ。数年前に電話で話したきりだったのが悔やまれる。

誰かの死から短絡的に有益なことを学ぼうとするのは品のない行為だと常々思っているのだが、お葬式の帰り道、毎日を悔いのないように生きねばとか、会いたい人には会いに行かなきゃとか、ありきたりなことばかりが頭に浮かんでは消えた。

あきらめの検証

「ボクは死にましぇん！」と聞くと、ある年齢層には自動的に思い浮かぶ絵面がある。当時は感激したものの、あれはフィクションだったからだ。現実の世界で、本気の愛を示すために走るトラックの前へ飛び出されたら、たまったものではない。私なら、恐ろしくなってその場から逃げ出してしまう。

あきらめないのはよいことだが、「あきらめない」と「あきらめが悪い」には雲泥の差がある。願いを実現させるため、失敗にめげず何度もトライするのは尊い。しかし、同じやり方で闇雲にぶつかっていくだけでは、結果が運任せになるだけだ。ドラマ「SEX AND THE CITY」の原作者であるキャンディス・ブシュネルは著書で、クレイジーの定義は「同じことを何度も何度も繰り返し、違う結果を期待すること」と定義した。身に覚えがありすぎて胃が痛い。あきらめないうちは、当事者がそこに気づけないのが不幸だ。

ほかにも厄介なことがある。創意工夫がないトライアルを続ける行為には中毒性があるのだ。繰り返すうちに「やってる感」だけがみなぎり、自己満足の範疇から出られなくなる。傍から見ればあきらめの悪さが際立つが、そう進言してくれるお節介な人はまずいない。挙句、思い通りにならない事態に腹を立てたり恨みがましくなったりする。

数ヵ月前、十年以上疎遠だった友人から連絡をもらい、とても嬉しい気持ちになった。先方は遠方に住んでいたので、互いの近況報告を交えたやりとりのあと、「元気でね！」でメールが終わった。

終わった、と私は思っていた。しかし数日後にまたメールがきて、そこには「近々東京へ行くことになった」とあった。ならば時間を作って久しぶりに会いましょう、となるのが自然の流れ。しかし、私はそれを望まなかった。彼のメールは、なぜか「私が彼に会いたがっている」という前提で話が進んでいたからだ。

君の望みに応えてあげたい、というムードを醸す彼に私は面喰らった。だって、「会えたらいいね」といった軽口すら、私からは叩いていない。先方も先方で、数日前に連絡をもらった時には、会いたいそぶりなど見せていなかった。なぜ、あっという間にそういう解釈になったのだろう。

ちょうど繁忙期だったのと、なんだか不気味だったのもあり、私はのらりくらりと彼の提案をかわした。それでも相手はあきらめず、しかし自分が私に会いたいのだとも言わず、堂々巡りになったので返信するのをやめてしまった。

数週間後、今度は留守電にメッセージが残されていた。どこで私の携帯番号を手に入れたのだろう。明らかに会いたがっているのは彼のほうなのに、メッセージの内容は「都内のどこどこに滞在している」だけだった。当然、折り返しはしなかった。

考えてもみてほしい。十年以上音信不通だった人が「あなたが私に会いたいのなら」と何度も連絡を寄越してくるのだ。恐怖が募って然るべきだろう。

なんとかして携帯番号を手に入れる努力はするのに、「会いたがっているあなたのために時間を作る」というアプローチが正しいのかの検証を怠っている。あきらめが悪いなあ、と思った。

久しぶりに会おうよ、と言われていたら、私は時間を作ったに違いない。上から目線かもしれないが、私の反応が芳しくないのなら、やり方を変えればいいのに。それとも、私の反応が悪いことにさえ気づいていないのか。

自分からは会いたいと言わぬまま、メールも電話もこなくなり、私はホッと胸をなでおろした。そして今日、私は気づいてしまったのだ。インスタグラムで彼が私にメッセージを送ってきていたことを。

アプローチは変わらぬまま。それはさすがに、あきらめが悪すぎるでしょう。

（120）

愛情の注ぎ方

松任谷由実さんの「ナビゲイター」を久しぶりに聴いた。一九七七年に発売された九枚目のシングル「遠い旅路」のカップリング曲。私は昔からこの曲が大好き。

「ナビゲイター」は、パートナーが運転する車の助手席に座る女性の目線で描かれた恋愛ソング。助手席に座る彼女は文字通り彼の助手であり、これから二人三脚で進んでいくことに加え、自分が道先案内人（ナビゲーター）の役割を担っていることにうっとりしている。大好きな人と一緒にいることがとにかく嬉しくて仕方がない女の子の歌で、「おかしすぎて涙が出る　今がうそみたい　みんな捨ててどこでも行く　何だってやる」というサビが印象的だ。

ユーミンはリリースの前年に松任谷正隆さんと結婚しているので、ドライブはこれからの人生のメタファーだったのかもしれない。この曲を好きになった当時の私は中学生くらいだから、そんなことまったくわかっていなかったけれど。ユーミンの楽曲がサブスクで解禁されたおかげで、私はいつでも「ナビゲイター」が聴ける。ありがたいことだ。

改めて聴くと、おぼこかった中学生の自分と、「ナビゲイター」のような未来が訪れなかった現在の自分の対比に失笑せざるを得ない。大人になった私は、鼻歌を歌いながら自分の車を自分で運転するような人生を送っているのだから。

すべてをなげうってでもこの人についていきたい、と熱望するような恋なら私もしたことがある。なにも知らなかった頃に。自己犠牲と愛情を取り違えていた時代だ。

それがいまでは「自分の人生の舵(かじ)は誰にも渡すな！」と、そこかしこで大声を張り上げている。ずいぶん派手にハンドルを切ったなと、我ながら思う。

それなりの紆余曲折を経て思うに、恋愛のパートナーシップは、シーソーのように力関係が不均衡な状態にあるほうが燃え上がる。しかし、その不均衡はいずれ不幸を招く可能性をはらんでいる。恋愛や結婚は、愛情を行動で示し、多く注いだほうが弱者になるのが忌々(いまいま)しい。愛情にあぐらをかく側のほうが強者になるなんて、変なシステムだ。

離婚経験者から、「自分が夫の所有物のように感じられてつらかった」と聞いたことがある。サポート役に回り、尽くした末にそう感じてしまったなんて。運転手とナビゲーターが対等な立場でいられれば良いのだけれど、現実にはそうもいかないようだ。ならばギッタンバッコンと権力が適宜譲渡されればよいのだが、それも難しいようで、いずれは力関係が固定されていく。なにもユーミンは不均衡なパワーバランスの予兆を歌いたかったわけではないだろう。こういう時期がいちばん楽しいとわかって書いた曲なのかもしれない。

それにしても、当時の私はどうやってこの曲にたどり着けたのか。「ナビゲイター」はシングル以外だと、二〇〇一年発売のバラードベストにしか収録されていない。

ユーミンのCDを買うようになったのは一九八五年の『DA・DI・DA』から。それ以前の作品は図書館で借りてカセットテープにダビングした。しかし、すべてアルバムだ。二〇〇一年のバラードベストは聴いたことがない。

それでも記憶に色濃く残っていたのだから、当時の私はこの世界観に相当魅了されていたのだろう。誰かの庇護のもと、上に立つ者の右腕として信頼される喜びのようなものに憧れたのかもしれない。いつの間にか、その憧れは消え失せた。本当によかった。私にサポート能力は皆無だもの。

愛情の多寡による力の不均衡が招く不幸など知らなかった頃は、それを湯水のように注ぎたい欲望があったのも確かだ。いまでもそのケがないとは言い切れない。しかし、自分が見返りを求めない聖母にはなれないことも、手痛い経験を通して知っている。それでもまだ、バシャーッと愛情を浴びせてしまうことがある。やられたほうは突然の滝行に面喰らう。愛情の蛇口を調整するのはいくつになっても難しいのだ。

追いかけさせる

同世代の女友達に恋人ができた。めでたい。馴れ初めを聞こうと呼び出すと、開口早々、彼女はこともなげに言った。「で、相手に追いかけさせるわけ」。

はい、もう迷宮入り。私にとってはですが……。

我々アラフィフがヤングだった頃、異性愛者の女にとって、恋愛は「男に追いかけさせるほうがうまくいく」と言われていた。信じられないことに、そのテクニックは令和に入ってもまだ有効なようだ。

男の狩猟本能。そんなものが実在するのか知らないが、それをくすぐる行動が推奨されていた時代は確かにあった。そして私は、そのやり方がわからないまま半世紀近く生きている。たぶん、このまま棺桶に足を突っ込むことになるだろう。

私は男に追いかけられたことも、追いかけさせるように仕向けたこともない。「仕向けたこともない」なんて意志を持ってやらなかったみたいな書き方をしたが、できなかったのだ。矜持ではなく、能力がない。付き合う相手はまあまあコンスタントにいたので、それ以外のやり方でなんとかしてきたんだろうし、これからも運が良ければそうなる。しかし、「追いかけさせる」を知らないまま死んでいくのは少し惜しい気もする。いや、圧倒的に惜しい。追いかけさせるためには、ただ逃げるだけではダメらしいのだ。「手に入れたくて仕方がない」と相手に思わせなければならない。は？　どうやって？　自分に魅力がないとは思わないが、いますぐ手に入れたくなるほどの焦燥感を喚起する力があるとも思えない。結局、美人とか可愛いとか、そういう女にしか適用できない法則なのではないか。ウーンと唸って、ハッと正気に返る。アラフィフになっても、まだこんなことに脳みそを使っている自分が信じられない。世の中にはもっと大事なことがたくさんあるはずなのに。

恋愛の価値がグッと下がったと言われる昨今、若者たちは追いかけっこなんて馬鹿げたことに頭を悩ませてはいないはずだ。もっと穏やかな人間関係を好んでいるに違いない。

とはいえ念のため、ネットの検索窓に「追いかけさせる」を入れたら、まあ出てくるわ出てくるわ、男を追いかけさせる方法の数々。なんだ、あんまり変わっていないのね。

いや、騙されてはいけない。結局は、どの層にスポットライトを当てるかの話だ。我々が若かった時代にも、恋愛なんて二の次という人たちは大勢いただろうし。

肝心の追いかけさせるテクニックは、どれを読んでもまったく頭に入ってこなかった。正直に言えば、理解ができなかった。「好意は示すが好きとは言わない」とか「ミステリアスなままで」とか、具体的になにをやればいいのか見当もつかない。私が匙を投げた若い頃と同じようなことばかり書いてあった。

唯一説得力があったのは、「男は女より感情変化の気づきに時間がかかる」というもの。恋愛感情に限った話ではない。男のほうが先に気づいていたなんてこと、私の人生ではほとんどなかった。

わからないなりにいくつかネット記事を読み進めていくと、「男に追いかけさせるのはもう古い」という見出しを見つけた。よし、そうこなくちゃ！　しかし現実はもっと冷え冷えとしたもので、現代はネットやゲームや動画配信など、以前に比べて恋愛より苦労なく楽しめるものがわんさかあるので、逃げる女性を追いかけるコストを払う男性は激減したのだそうだ。記事は、「だいたいあなた、自分がＮｅｔｆｌｉｘやＨｕｌｕより面白いと思っているんですか？」と辛辣なコメントで締めくくられていた。ぐうの音も出ない。

なんとも世知辛い。だが、確かにそうだ。私だって、失敗リスクを背負って新たな出会いを積極的に探すくらいなら、家で寝てるもの。

ひと塊の大きさ

まつげパーマならぬ眉毛パーマなるものを、月に一度やり始めてから半年くらい経つ。これがすこぶる調子がよい。毛流れを整え、ワックスでムダ毛を取ってもらうだけで、顔がキュッと締まって見えるのだ。自分が好きな顔になれる。ほかのお客さんはみな二十代か三十代前半なので気後れするが、頑張って通っている。

エステやリラクゼーションサロンの類はすべて、本名で予約を取る。私がジェーン・スーという偽名で仕事をしていることは、当然ながら自己申告しない。何回か通っているうちにバレて先方から言及してくることもあれば、わかってはいるが明言を避けてくれている様子が感じとれる場合もある。

眉毛パーマサロンの担当施術者さんは、二十代の半ばくらい。真面目で一生懸命で、彼女の年くらいに私が子どもを産んでいたら、いまこれくらいの娘がいることになるのだなと、ぼんやり思いながら施術を受けている。

先日、眉毛にパーマ液を塗布された状態の私に、彼女が意を決した声色で「ジェンスーさんですよね」と話しかけてきた。なんだ、気づいていたのか。ちょっと名前が間違っているけれども。

私は「そうです」と答え、そこから彼女の身の上話が始まった。相談コーナーのあるラジオ番組を始めてからというもの、悩みを打ち明けられることが増えたので、こういうことはよくある。

聞けば、気になる男性が現れたものの、年下なので関係を進めていいものか迷っているらしい。

個人的な付き合いに進めることを迷うくらいだから、かなり年下なのだろうと私は察した。しかし、彼女の答えは予想に反したものだった。

「彼、三歳も年下なんです！」

たった三歳！　三歳なんて誤差の範囲じゃないか。体重にたとえるなら、五百グラムくらいしか違わない。

失礼を承知で尋ねると、彼女は二十四歳になったばかりだという。なるほど、相手はまだ大学生か。ならば理解はできる。仕事を持つ自分と学生さんの生活が合うのか、不安に感じるのも無理はないかもしれない。

確かに二十四歳の頃なら、私も三歳の年の差を気に病んだだろう。三歳年上はうんと大人に思えたし、三歳年下はまだまだ子どもだと。

三歳の年齢差を誤差と感じるようになったのはいつからだろう。三十代後半くらい？　いや、四十代に入ってからのような気がする。

四十代になると、いろんなことが誤差の範疇になってきた。年齢はその最たるもので、上も下も二歳から三歳の年齢差はひと塊に感じる。四十代後半になると、干支が一周まわるくらいうんと年下の人たちも中年のとば口に立つ。ひと塊がどんどん大きくなっていく。私のなかで勝手に。

気をつけなければいけないな、と思った。こちらは同じ塊のつもりでいても、向こうからしたら冗談はやめてくれと思うことが多々あるだろう。私がまだ三十代半ばだった頃、自分と同世代として話を進める、アラフィフの先輩にギョッとしたことを思い出した。あれをやる順番が回ってきたのだ。

自分が四十代半ばを過ぎると、感じ方は大きく変わった。ひとまわり上の先輩たちが、私を同じ塊と思ってくれていると嬉しく思う。新たな「大人の仲間入り」をしたようで、なぜか胸が躍るのだ。「まだ若いじゃない!」と言われるより、ずっと温かい気持ちになる。若

者でもないのに若者扱いされると、自分が若者と大人のあいだにある踊り場でウロウロしている中途半端な存在に思えてしまうのだ。「私たちはさあ」と一緒くたにされたほうが、ずっといい。これこそが、リアルな大人の仲間入りだ。

透明人間

私は透明人間になった。時間にして三分くらい。前回そうなったのは、確か六年くらい前だった。詳しく記すと仕事に支障をきたすのでやめておくが、要は「あなたは眼中にない」という態度をハッキリと、初対面の人にとられたのだ。

意図的にやられたのなら、それは嫉妬や嫌がらせだ。つまり、私をビンビンに意識しているということ。ならば、「まあ、嫌ねえ」と半笑いで済ませてしまえばいい。しかし、前回も今回もそうではなかった。勘違いでもなんでもなく、相手の目に私の存在が映っていなかった。前回は複雑な心境だったが、今回は違った。もっと鷹揚に構えていられた。

私を眼中に入れなかった人たちに、悪意などなかった。完全に無意識だった。私は相手の視界に入る位置にいたのだが、私の隣に超有名人がいたので、彼らの全神経がそちらに集中したのだ。ジェーン・スーという人物の存在も認識していなかったと思う。なんだかよくわからない、中年のアシスタントだと思われていた気がする。

他者の前で、透明な存在になること。会社員だった頃にはよくあった話だ。あからさまに上司としか話をしなかった取引先や、可愛い友人のほうだけ見て話す男性。そんな人たちはザラにいた。

よく知らない相手から「あなたには一瞥をくれる価値すらない」とやられるのは、若い私にはキツい経験だった。相手が無意識なら、なおさらだ。相手の視線の行方など意識していないという風情で、内心では「自分には存在する価値もない」といじけていた。みっともなく気分が悪かった。でも、それ以外に気持ちのやり場がなかったのだ。

今回の透明人間事件を、私はまったく根に持っていない。どちらかと言えば、よかった！と安堵した。なぜなら近頃は、私が存在を知っている人間の数に、私のことを知っている人間の数が迫りつつあるからだ。まだまだ差は開いているが、数年前より距離は縮まっている。これ、実はとても不健康なことだと思っている。

よく考えてみてほしい。たいていの人間にとって、自分が認知している人間の数は、自分のことを認知している人間より百倍以上多いはずなのだ。平たく言うと、私はジュリア・ロバーツという存在を知っているが、ジュリア・ロバーツは私の存在を知らない。この不均衡こそが、皮肉にもバランスの取れた状態なのだ。

自分のことを知っている人が多すぎて、いいことなどない。匿名性こそが、二度と買い戻せない最も価値のあるものだから。知らない人が、自分の存在を知っているって、冷静に考えると怖いではないか。これを「怖い」と思わず「嬉しい」と感じられる人が、表舞台に立つに相応しい人物だ。私はどうしてもそうは思えない。

一度でもテレビに出ると、認知は一気に上がる。しかし、一気に多くの人に広まると雑な扱いを受けることにもなる。不思議なもので、テレビに出た人は雑に扱ってよいという共通認識が世間にはあるらしい。

たとえばラジオやポッドキャストリスナーは、「いつも聴いています。あの回が好きです」とか「元気をもらっています」と、控えめに声をかけてくれるし、コラムの読者も同様だ。しかし、テレビはちがう。

テレビに出演した翌日、ドラッグストアに入ったら初老のご婦人が私のことを不躾にジロジロと見た。そして「あなた、見たことがある。どこで？　何をしている人？　テレビに出てた？」と、突然大きな声で話しかけてきた。あなたが誰だか知らないけれど、見たことがある気がするから名を名乗りなさいという感じ。びっくりした。テレビに出ると、そういう扱いを受けるようになることもあるのだ。

「じゃあ、テレビなんざ出るんじゃないわよ」と、私は鏡に指をさす。「でも、たくさんの人に新刊を読んでほしかったし、なにより苦手なことにトライしてみたかったのよ」と、鏡の中の私が答える。事実、テレビ出演後にはデビューしてから十年のあいだに上梓した書籍のほとんどに重版がかかった。ポッドキャストのリスナー数はうなぎのぼりだ。地上波、すげえ。でも、一気に集まってきた人たちは一気に去っていくことも、私はよく知っている。

この二〇二四年の六月は忙(せわ)しなかった。身に余る幸運と厚遇が押し寄せたかと思えば、まったく別の場面で鳩尾を抉られるようなことが立て続けに起こり、何度も心を引きずり下ろされそうになった。「人生で良いことと悪いことの数は同じ」論には常に反旗を翻し続けてきたが、ふと旗を降ろしたくなった。すべての喜ばしい思い出が苦々しい記憶と紐づいている。それでもへこたれない私は、本当にえらい子であります。

私は「知る人ぞ知る」ではなく、「知らない人はずっと知らない」に憧れている。後者は一定量〝透明人間〟になれることに重きを置いており、私にとってはそれがなによりの健康の秘訣なのだ。

人付き合いの解像度

友人の桜林直子さん、通称サクちゃんとポッドキャストを始めた。彼女は製菓業界からキャリアをスタートし、紆余曲折あって、いまは雑談を生業のひとつにしている。カウンセリングでも傾聴サービスでもなく、よく知らない人に対してだからできる雑談セッションを行っているのだ。非常に人気で、予約枠はすぐに埋まってしまう。

そんなサクちゃんと、喫茶店で隣の会話が漏れ聞こえてくる距離感で聴いてもらえるような番組にしたいと考え、「となりの雑談」という番組タイトルにした。

サクちゃんとの友人歴はまだ浅い。足かけ二年くらいだろうか。総合格闘家の青木真也さんに紹介していただき、あっという間に意気投合して、いまでは青木さん抜きで遊ぶことがほとんどだ。

私たちに、価値観や育ってきた環境における共通点はほとんどない。サクちゃんには兄弟がいて、若い頃に結婚もしている。お子さんはもう大学生だ。一方、私はひとりっ子で独身。子どもを産んだこともない。仕事で言えばサクちゃんはお菓子業界出身で、私は音楽業界出身。サクちゃんの体力は省エネ傾向にあり、私のそれは周囲から「どうかしてる」と言われるほど旺盛だ。サクちゃんは警戒心が強く、私はおめでたいほどに鈍感。私たちはなにからなにまで、まるで違うといっても過言ではない。

　まるで違うことが、お互いに興味が尽きない最大の要因だと思う。あまりにも異なるので、違いを話しているだけでどんどん会話が発展していく。話すたび、お互いに新しい発見がある。人付き合いの解像度がグンと上がったような気にさせられる。

　フリーアナウンサーの堀井美香（ほりいみか）さんもそうだが、若い頃だったら親しくなれなかったであろう人と親交を深められるのは、大人の醍醐味のひとつだ。中年の特権と言ってもいい。

　若い頃は、「わかる、わかる」と互いに同意することが親愛の情を示す手段のひとつであり、距離を縮めるのにも一役買っていた。共通点が多いことが、なによりの安心材料だった。四十代に入ったあたりで、私は共通点ばかりを持つ相手と、新たに知り合う興味を失った。そういう相手なら、長年の付き合いの気心知れた仲間がすでに大勢いるからだ。

　命を明日に繋げる理由はいくつもあるが、私にとってそのうちのひとつが、新しい知見を得て世界の見方を更新することだ。同じ景色を同じように見ていては、いずれ飽きてしまう。

　自分とまるで異なる気質を持つ相手と話をすると、同じ景色を見ていても、目に入るものが違って驚く。解釈や反応がことごとく予想外のところから飛んできて、頭に大きなクエスチョンマークが浮かび上がる。若い頃、そういう場面に出くわすと、「気が合わなそう」と、深く知ろうとせずその場を去っていた。いまは違う。なぜ、同じものを見てまったく異なる解釈をするのか、その背景をそれぞれ説明することができるからだ。

サクちゃんは少し年下ながら、私よりずっと大人だ。「なぜ不愉快なのか」「どうなりたいのか」と、感情の棚卸しを頻繁に行うことで、自分の状態を好ましいほうへ変えてきた実績が、私よりずっとある。

彼女の話を聞いていると、私の想像力がいかにひとりよがりなものか、よくわかる。「私が知っていること」の数々を帰納し、それらを演繹して導き出すことでしか、想像力は育まれない。よって、私の知らないことを知っている人からシェアしてもらえない限り、「私が知っていること」のバリエーションは増えず、想像力がひとりよがりなものになるのは当然だ。中年以降、人が頑固になるのは加齢のせいだけではない。新しい窓から新鮮な空気を入れて、自分の当たり前を敢えてまぜっかえすことをサボっているから。

知見を広めるには書物も有効だが、こと情緒にまつわる話になると、対話が不可欠となる。私が「なぜそんなふうに考えるの？」と尋ねれば、サクちゃんは即座に言語化してくれる。理由を聞いて、理屈が破綻していると感じたことは一度もない。ついさっきまでは、まったくわけがわからないと呆然としていたのに。

互いの目に映る景色を丁寧に開示し合うことで広がる世界があり、回避できる対立があり、深まる理解がある。少なくとも、日常生活においては非常に有効だ。

光の当て方

サクちゃんこと桜林直子さんとのポッドキャスト番組「となりの雑談」が、開始からあっという間に一年を迎えた。おかげ様でリスナーの数もどんどん増えて、嬉しい限り。

「となりの雑談」を始めてから、考え方の違いの根っこには、ものの見え方の違いがあると気がついた。見え方の違いは、経験の違いの産物。大雨に降られひどい経験をした過去があれば、晴れた空を見ても雨雲がないか探すだろうし、念のため折り畳み傘も持ち歩いているだろう。結果、晴天を見た第一声が「わあ！　いいお天気！」ではなく「雨が降らないといいけど」になる。

お天気の話ならたいした対立にはならないが、人生の重要な選択となると、異なる意見が苛烈に対立することもある。それは、両者が持つ生育環境や背景が異なるからだ。それぞれの想像が及ばぬ個人史をそれぞれが持っていることに気づけず、お互いのステイトメントが理解できないまま対立する。どちらも同じ時代を生きているようで、両者はまったく異なるものを見ている。そう知ってから、私は意見が異なる人の背景に注意深く思いを馳せるようになった。

考えの不一致が露呈した瞬間、「あの人はネガティブだから」「あの人は慎重すぎるから」と、その場限りの決めつけで片づけていたあれこれを、そうならざるを得なかった経験があったのだろう、そうあることで好機を摑んできたのだろう、と考えられるようになった。結果、たとえ真っ向から否定されても、不愉快な気持ちに囚われづらくなるし、無用な対立も避けられるようになった。

さて、いまの話を「人生半ばにして気づくなんて、遅きに失した！」と捉える人がいる。私は、「このタイミングで気づけて本当に幸運だ！」と捉える。前者は悲観的、後者は楽観的と評される。そんな単純な話でもなかろう。悲観的とされる人はそうならざるを得なかった出来事が過去にあったのだろうし、楽観的な人は悲観的な状況を楽観的なマインドで乗り越える人を間近で見てきたのかもしれない。

いにしえから言われているように、生きることは選択の連続だ。当然、失敗もする。楽観的な私は、失敗から立ち直った自分にスポットライトを当てて出来事を記憶している。一方、悲観的と言われる人は、失敗した苦い瞬間にスポットライトを当てて記憶している。この違いは大きい。次に挑戦が必要な場面に直面した時「まあ、失敗してもなんとか立ち直れるだろう」と思えるか、「私はまた失敗するだろうから、挑戦するのはやめよう」と思うか、行動に決定的な違いが出る。

サクちゃんのすごいところは、自分の考えや世間一般の言説にいちいち疑いの目を持って挑んだところだ。サクちゃんはシングルマザーで、世の中の「シングルマザーは可哀相」という言説を信じることなく、疑ってかかった。そうやってひとつずつ精査していくと、言われていることとは異なる現実があることもわかったという。スポットライトを当てる場所を自分で変えたのだ。

誰かに「あなたはこう」と決めつけられたら跳ね返してもよいように、「私はこう」と自分で自分を決めつけていいことも、あまりない。普段はスポットライトを当てていない場所にそっと明かりを灯（とも）すと、繊細で傷つきやすく、後ろ向きな自分が膝を抱えて座っていた。傷つきやすい部分があるとは認識していたが、毎日なにかしら闘って生きていると、そういう自分をつい忘れてしまう。私は慎重だが大胆で、ポジティブなチャレンジャーだと自己定義してしまう。

私はポジティブなチャレンジャーであるだけではないのだ。私にだって、親から「おまえは暗い」と言われていた子ども時代がある。人知れずうじうじしていた幼少期から高校時代までの歴史がある。これをなかったことにしてポジティブな一面だけを自分だと認識していると、やがて辻褄が合わなくなり心身に不調をきたす。

スポットライトを当てると生きやすくなる場所と、たまに弱めの光を当ててあげる湿った場所。自己の多面性を受容するのは大人の嗜みなので、バランスよくやっていきたい。

私と相手の境界線

久々に怒髪天(どはつてん)を衝(つ)いた。付き合い始めて日の浅いパートナーが、我が家の冷蔵庫の中をぜんぶ勝手に片づけたからだ。

我々はどちらもいい年をした中年だ。人生の中間地点は折り返し済み。ここからは穏やかに寄り添っていくのが順当だろう。にもかかわらず、付き合いたての若者カップルが起こす揉めごとランキング第三位みたいなことをやるなんて思いもよらなかった。

その晩は焼き鳥屋さんにいた。美味しいのが食べたいと言うから、とっておきの店に連れていった。ささみはスッキリと身が締まっていたし、つくねには軟骨が混ざっていて歯ごたえも味わいも抜群だった。太ももの付け根の肉は、嚙めばプチッと音がするほどジューシー。ハツは新鮮で肉汁の味が濃い。すべてがバッチリだ。私はリスのように頰を膨らませニコニコしていた。

おまかせ串七本が後半に入ったあたりで、「冷蔵庫の中をきれいにしておいたよ」と彼が得意げに言った。掃除したという意味ではない。「きれいにした」は捨てまくったという意味だ。そういう男だ。私は絶句した。そんな越権行為まで平気でやる人だとは思わなかったから。

焼き鳥の串で腕でも突いてやろうかと思ったが、さすがに大人げないので止め、口の中のものを言葉以外すべて飲み込んでから、「なぜそんなことをしたの？」と私は尋ねた。やや仏頂面だったと思う。

褒めてもらえると思っていた当人は仰天していた。どうやら朝、私が「冷蔵庫の中がいっぱいだ」と独り言ちたらしい。それを聞きつけ、代わりにやってあげたのだそうだ。なるほど、知り合って日が浅ければ「ありがとう」から始めて異論を唱える場面だろう。

そうしなかったのは、我々が復縁組だからだ。前に付き合っていたのは遥か昔。過去の記憶をたどると、この男はやる時は良くも悪くも徹底的にやる。興が乗り、過剰にやりすぎる癖もある。ということは、今頃うちの冷蔵庫は空っぽだろう。

問い詰めると、賞味期限切れはすべて捨てたという。「賞味期限なんて関係ないよね」と、ついこのあいだ笑って話していたのに、なんという裏切り。ということは、柚子胡椒や七味唐辛子までやられたか。眉間に皺を寄せたブルドッグのような顔の私に、「食べかけばかりだったし、一番古いのは二〇一七年モノだった」と向こうは抵抗を試みる。二〇一七年からの食べかけを発掘したような言い方をしないでくれ。それはたぶん賞味期限を大幅に超えたあたりから、念のため冷蔵庫に入れておいた缶詰か何かだ。捨ててよかったのは、残り半分以下で固まりつつあった生クリームとしなびたリンゴくらい。だいたい、どれだけ食べかけでも、古くても、私の自由だよ。

恐る恐る尋ねてみれば、やはり興が乗って、冷凍庫はもちろん、引き出しやら棚やらの食品も賞味期限切れはすべて捨てたという。ということは、大切に冷凍しておいた、いただきもののお菓子まで！　あれは食べるとか食べないとかじゃなくて、記念にとっておいたのに！　この泥棒！　勝手なことするんじゃないよ！

そういう私も若い頃、同じことを誰かにやった記憶がある。あの時は、なぜ苦笑いされたかわからなかった。今ならわかる。相手の領域に踏み込み勝手に価値を決め、未確認のまま取捨選択するのは、相手の尊厳を踏みにじる蛮行なのだ。

彼は私の怒りにたじろぎはしたが、そのあとはひょうひょうとしていた。そういう男だ。ここまで感情を露わにしても動じない相手に腸が煮えくり返ったが、感謝もした。帰宅して冷蔵庫や戸棚を開けると、そこには私には作れない秩序があった。捨てられたくなかったものをこれ以上思い出さないようにと、私はあわてて扉を閉めた。

珍しく無力感

あれは二十年近く前。私には真剣に付き合っていた男がいた。一生一緒にいてくれや、とは思っていたが、それが法律婚というシステムに否応なく収束される常識に、言葉にできぬ違和感を覚えていた。

具体的には、一生一緒にいようとすると、私の名字がほぼ自動的に変わることがひたすらに解せなかった。なぜ私だけが？

女性の先輩にその話をしたら、「そっか、まだ結婚したくはないんだね」と、可愛い後輩を宥（なだ）めるような優しい呆れ顔で返された。いや、そういうことではないのに。

あれから幾星霜（いくせいそう）。私は五十一歳になった。当時の男はその後、「ほかに好きな人ができたんだ」と苦虫を噛み潰したような顔で私のもとを去り、数年前、十七年ぶりにケロッと戻ってきた。ウケる。

この男と別れたあと、私の未来は無限に広がり、彼もまた、私と一緒にいたら見られない世界をたくさん見た。当時の私には身がちぎれるほどのつらい経験だったが、結果的に双方にとって悪い出来事ではなかったのだ。

離れていた時間は相当だが、相変わらず気が合うので復縁した。さすがに今回は結婚するか？　という話が出たが、やはり選択的夫婦別姓制度が整わないうちに法律婚をする気にはならない。

いまなら、あの頃は言語化できなかった違和感を立て板に水のごとく説明できる。私は家父長制を信用していないのだ。たかが〝夫婦同姓〟ではない。パートナーと対等意識の共有ができていたとしても、夫婦が同じ名字を持った瞬間から世間と共有される〝夫の管理下にある存在〟になることを蛇蝎のごとく嫌っている。蛇のほうがずっと好きなくらい。

先日、とあるテレビ番組に出演した。結婚観について質問されたので、法律婚には興味がないと答えた。すると、「お相手ができたら……」といったニュアンスを含む返答をされたので、パートナーはいるが、夫婦別姓を許さない法律婚には興味がないと伝えた。質問者は自身に内在する偏見にすぐさま気づき謝罪した。私はそれを受け容れた。ま、そういうことはよくあること。私にだってあるから気にしない。

後日、放送を観たら、「スーさんには結婚の意思がない」というテロップひとつで片づけられていたので噴き出してしまった。

結婚観がメインテーマの番組ではなかったし、テレビってそういうものだとわかって出演したので、怒ったり悲しんだりはしなかった。けれど、選択的夫婦別姓制度が導入されたら話は違ってくることは、視聴者には伝わらないだろうとうなだれもした。次の瞬間、相手の親が観たら悲しむのではという思いがよぎり、己に染みついた古い価値観に吐き気がした。

時を同じくして、父親が入院することになった。命に別状はないが、手続きにはなんやかんやと家族の存在が必要になる。つまり、私だ。私はひとりっ子だし、母はとうの昔に鬼籍に入っているから。

私やパートナーが病気になったら、お互いを家族と証明するものがない。事実婚について調べたこともあるが、法律婚をすれば一発で解決することを有効化するのに、非常に煩雑な手続きが必要になる。選択的夫婦別姓が当たり前の国に生まれていたら、こんなことで頭を悩まさなくて済んだと思うと、珍しく無力感を覚えた。

自分の輪郭

結婚観の話をもう少し続けたい。

戦後に制定された日本国憲法には、「婚姻は、両性の合意のみに基いて成立し、夫婦が同等の権利を有することを基本として、相互の協力により、維持されなければならない」と記されている。

妻を「無能力者」と規定した（ひどい話！）明治時代からの家制度は廃止され、夫婦を対等な存在と認め個人の尊厳を重んじる法律に変わった。男女平等の観点から、原則的には夫婦どちらかの名字に統一すればよいことにもなった。にもかかわらず、二〇二一年の内閣府の調査では、婚姻届を提出した夫婦のうち約95パーセントが夫の姓を選択している。消滅したはずの家制度が、夫の姓を新しい家族の姓にする形で継承されているように、私の目には映る。

同姓、別姓、複合姓（お互いの名字をくっつけたもの）のいずれかを選べる欧米諸国にも、夫の姓を名乗る夫婦が七割を超える国もある。しかし、別姓と複合姓の選択肢があることがなにより重要だ。対等な夫婦が相互協力するのに、同一姓である必要はない。加えて、名字を夫のそれに揃えることで、妻が後から入ってきた者として下に置かれ、対等な立場が築けないのではと、私は懸念する。

他国の事情はわからないが、こと日本の法律婚においては、日常生活を送るうえで法律より強い拘束力を持つこともある社会のムードが、妻の立場を弱くしているように思えてならない。明治の家制度では家族の構成員に序列がつけられていたが、それは完全に解消されただろうか。選択的夫婦別姓が実現すれば、少なくとも妻の「個」は残ると考えるのは楽観的すぎるだろうか。

と、ここまで書いて、私がなぜこれほどまでに法律婚に疑いの目を向けるのかと考えてみると、やはりそこには両親の存在が色濃く影響していることに気づく。

仲の悪い夫婦ではなかった。父は夫としても親としても問題のある人物だが、母と父はある種の同志として強い結びつきがあった。それでも、映画雑誌の編集者として活き活きと働いていた母が結婚を機に仕事を辞め、専業主婦として父と私の生活を支える側にまわったことに、私は静かに怒っているのだ。たとえそれが母の選択だったとしても。

十分な愛情を私に注ぎ、生活すべてをケアしてくれた母に対する恩は計り知れないほどあれど、結婚せず働き続けていたら、もっと自分らしく生きられたのではなかろうかと思わずにはいられない。ある時から私は、「母が選ばなかったほうの母の人生」を生きている自分に気が付いた。

生前の母が、「あー、三千万円あったら離婚したいわ！」と悪ふざけで言ったのを覚えている。働き続けていたら、三千万円などなくとも離婚できただろう。だが当時は、結婚したら女は仕事を辞めるものだった。

私が小学生の頃、母が週に一度だけ外に働きに出ていた時期があった。家に誰もいないのがつまらなく、仕事を辞めてと懇願した記憶がある。あんなこと言わなければよかった。母にとって、妻でも母でもない自分の輪郭を確かめられる貴重な時間だったろうに。母にも「子どもと一緒にいたい」という気持ちはあったと思う。しかし、働いて帰ってきた母は活き活きとしていたのだ。それが悔しくもあった。子どもだったから仕方のないことだが、もっと鷹揚に構えられていたら、母の人生はあそこからでも変わったのではないだろうか。父が私の面倒を見る時間を作ったってよかったのに。そういう選択肢は、当時一切なかった。

母が学生時代の友人から旧姓で呼ばれるのも好きではなかった。知らない母がいることが

不安だったから。しかし、父と夫婦になる前の母は当然存在していたのである。結婚制度が、それをプツリと切ってしまったように思えてならない。

母のことが大好きなのに、どこかで母のようにはならないと思っている自分がいる。結婚制度なんかに自分の人生を奪われてたまるか、と身構える自分が。

あの雪の夜

東京に久しぶりの大雪が降った。べちゃ雪ながら、まあまあ積もったほうだ。山下達郎の歌と反対に、夜更け過ぎには雨へと変わってしまったけれど。十年前に二週続けて降った雪は、もっと湿度が低かった。

大雪が降ると私は必ず、当時付き合っていた男を思い出す。

聞き分けのよい女なので、不要不急の外出を避けるように言われたら、私はじっと家に留まるタイプだ。しかし、彼は違った。どうってことないという風情で「外に遊びに行こう」と私を誘い、戸惑いながらも私はありったけの冬服を重ね着し、完全防備で電車に乗った。目的地は、夜の浅草だ。しちゃいけないことをしているみたいでドキドキした。

異例の降雪で道路は壊滅的だったが、地下鉄はなんの問題もなく動いていた。不安な顔で家路を急ぐ人たちと、不謹慎な私たち。

電車はほどなくして浅草駅に到着した。地上に出ると、そこは雪国だった。私の知っている浅草ではなかった。なにもかもが真っ白で、静まり返っている。

普段は観光客でごった返す仲見世通りに、数えるほどしか人が歩いていない。転ばぬようヨチヨチと前進しながら浅草寺にたどり着くと、屋根瓦には膨らんだスフレのように厚く雪が積もっていた。まぼろしみたいだった。

歩いても歩いても、しんしんと雪は降り続く。商店街を覗くと、青空球児・好児の写真が印刷された街灯に、こんもりと雪が乗っている。近くまで寄ってみると、八分立ての生クリームが頭にたっぷり乗っているようにも見えて可愛らしい。見渡す限り、どこもかしこも雪。この人と一緒にいなければ見られない風景だと、急に胸が熱くなった。

嬌声をあげて騒ぐ私とは対照的に、彼は平気な顔でサクサク歩く。雪国出身だからだろうか。こんなのへっちゃらだと、私に見せたかったのかもしれない。愛情表現が得意なタイプではなかったけれど、とても愛情深い人だった。頼りがいがあるのに、頼りにさせてもらえないことも、ままある人だった。

ずっとずっと一緒にいると思っていた。実際、それから何年も何年も一緒にいた。だが少しずついろいろなことがうまくいかなくなり、騙し騙し続けてはみたものの、ある日突然、この関係はもうダメなのだと悟った。

特別なことがあったわけではない。ただ、私はもうできることはすべてやった、これ以上は無理だと肚落ちした瞬間があったのだ。ひとりで一晩中大泣きして、「ずっと一緒にいたかったのに」なんて恥ずかしげもなく声にも出して、そこから別れを切り出すのに半年かかった。

あの肚落ちの瞬間はなんだったのか、我がことながらいまだによくわからない。あの男が好きで好きで仕方がなかった。いま考えれば綺麗事だが、世界中が彼の敵になっても私だけは味方だとうぬぼれてもいた。と同時に、愛情を正面からは受け取ってもらえないことに身を切られる思いもあった。好きで好きで仕方がないし、これ以上一緒にいることもできない。我ながら支離滅裂だ。

関係にきちんと終止符を打つことに抵抗された時は、面喰らった。誰がどう見ても終わっているのは明らかなのに。「愛情を注いであげられなかったことは申し訳なく思う」と、別れ際に彼が言った。ふざけやがってと腹の底から怒りがこみあげてきた。お互い愛も情もあるが幸せではない状態が存在することを、私は知った。

別れてから三年以上経つが、ＳＮＳのせいで彼の動向は自ずと目に入ってくる。元気に暮らしているようで嬉しい。だが、そんなふうに思われていると知ったら顔をしかめるだろう。逆の立場だったら、私は「どの口が！」と腹を立てるに違いないから。

それでも、あの雪の夜はいつまでも私にとって特別なのだ。転ばないように手をつないでもらい、私は大はしゃぎだった。

大雪の東京を二人で歩いたあの夜、私は底抜けに幸せだった。

第4章

それでも生活は続くのだから

喉元を過ぎても

コロナ禍です。国と都が発令した緊急事態宣言の影響で、私が通うマッサージもジムも、パーソナルトレーニングもエステも、すべて営業自粛となった。仕事場近くのスーパーは短縮営業となり、十八時には閉店する。もう仕事帰りに生鮮食品の買い物はできない。

私は私を健康に生かしておくため、多くのことをアウトソースしていたと気づき途方に暮れる。人はひとりでは生きられないという当たり前を、日々の小さな不具合や不便から、毎日突きつけられている。

私の困りごとなんてたかが知れているが、保育所やデイケアなど、生活の基盤を家庭の外に委託する人にとっては、小さな不便どころではない。死活問題だ。

誰かの命の火を灯し続けておくため、自粛したくてもできない仕事だって世の中にはたくさんある。当然、そこで働き続ける人もいる。

自粛対象業種で働く人々や経営者の不安も底知れない。来るべき時が来たら必ずお金を落としに行くので、それまでにちゃんと補償を受け、なんとか生き延びてほしいと願う。

新型コロナウイルスを始め、人類は幾たびもウイルスのパンデミックに痛めつけられてきた。多くの人命が犠牲になり、一方で医学や科学や社会が発展し、なんとか遺伝子をつないできたのが我々だ。

新自由主義に席巻されつつあるなか、ウイルスは、「ひとりが自己中心的に振る舞うと他者の命がおびやかされ、結局は自分の命を危険に晒すことになる」と、我々の横っ面をひっ叩きにきたようにも思う。

イタリアやニューヨークでは、患者を重症度や緊急度に基づいて分類し、治療や搬送の優先順位を決めるトリアージが行われている。

人工呼吸器不足から「より助かりそうな命」を優先し、超重症者からは呼吸器を外す。つまり、常時ならば救えるかもしれない命を後回しにするのだ。命を救うため医業を志した者にとって、これ以上の苦しみはない。そして、これは対岸の火事ではない。

そこでふと考える。社会による緩やかなトリアージは、以前からずっと行われてきたではないかと。

アメリカのイリノイ州シカゴでは、黒人の人口比率は約三割ながら、新型コロナウイルスによる死者では七割を超えたという統計が出た。なぜか？　差別起因の貧困のせいだ。休めない薄給の職種に従事する人が多いうえに、健康的な生活をする余裕がないから、基礎疾患を持つ人が少なくない。誰を責めるわけでもないが、「もう買い物には出掛けず、ネットスーパーにするわ」と言えるのは、配達してくれる人がいるからだろう。

ロックダウン後、ハワイでは多くのウミガメが砂浜に現れ、香港の動物園では、客に観られるストレスがなくなったパンダが十年ぶりに交尾した。インドでは公害が減り、空が青くなった。どれも素晴らしいことだが、その裏で二十八万人（二〇二〇年五月十二日現在）が命を落としている。

私はとても緊張している。コロナ禍が終焉したあと、私たちはどんな世界を再構築するのかと。

サステナビリティ（持続可能性）という言葉が流行りだした時は、またわかりづらいカタカナが黒船に乗ってやってきたと半笑いしていたが、いまは真顔でそれを考える。同時に、二〇一一年にも同じことを考えていたのに、すっかり気持ちが薄れてしまった自分を恥じた。

喉元過ぎればなんとやらで、同じ過ちを繰り返すかもしれない自分を、私は完全には否定できない。

美談でのコーティング

二〇二〇年初秋。もう新型コロナウイルスの話は結構よ、とどこからともなく嘆きの声が聞こえてくる。すでに人々の記憶の隅に追いやられてしまったことも多々ある。忘れてはならないこともあったと、私は思うのだけれど。

一日の国内感染者数が二百人を超え、政府が「三密」を唱え始めた三月。山梨県の女子中学生が、休校期間を利用して、六百枚以上の手作り布マスクを県に寄贈したことが話題になった。材料はお年玉貯金を切り崩して準備したという。

四月。欠航が相次ぐ航空会社のキャビンアテンダントたちが、医療用ガウンの縫製を手伝う案について首相がコメントした。

五月。福岡市の保育士たちが、医療用ガウンを手作りして病院に寄付した。宝塚市では、子どもの作ったポリ袋防護服が医師会に千四百着も送られた。そのほか、全国各地の子どもたちが、3Dプリンタを使った手作りフェイスシールドを医療機関に寄贈したことなども続々と報じられた。

これらのニュースは、すべて美談の色を帯びていた。尊い行動を讃えましょう、というムードがあった。私はそれが薄気味悪くて仕方ない。理屈や知性より、情緒が先走り過ぎている。手作り布マスクやガウンの効能に、医学的、科学的な根拠があったとは思えない。緊急時、気持ちが知性を追い越していいことなんて、なにもないのに。

それぞれが善意のもとに行動し、手作り品の性能を問うている時間もないほど、抜き差しならぬ状況だったことは理解できる。けれど、国の危機的状況において、感染状況や各国の方針、専門家の見解や政府の指針を精査する報道をさしおいて、女や子どもの無償労働、もしくは専門外の労働を美しく報じる意味はどこにあったのか。保育士の性別は確認しかねるが、報道を見る限りは女性のみだった。

私が見た限り、海外のニュースでは、医療機関がマスクやガウンの寄付を広く募る報道や、中高生が考案したフェイスシールドを３Ｄプリンタで製造するニュースはあったものの、無償労働を暗に讃えたものは記憶にない。

なぜ、日本では女と子どもの美談ばかりなのか。「銃後の母」という言葉が、私の脳裏をかすめた。

こういうことが続けざまに報道されるのは、そういう美談が好きな層がいるからだろう。広告収入のためなのだろうか、ネット記事のクリック数や視聴率を稼ぐことが大義とされがちな現行のマスメディアにおいて、報じる意義があると送り手が信じるものより、「とにかく好まれそうなもの」が優先されるのは悲しい宿命だ。

私は戦中派の母から聞いた、千人針を思い出した。無駄とわかっていても、祈りを形にせずにはいられないのかと、母の話を聞いた私は心底悲しい気持ちになった。

これはちょっと、思っていたのと違うかもしれない。美談でコーティングされた女と子どもの善意は、根本的な問題や責任の所在を曖昧にし、その場しのぎの情緒を満足させるために消費されがちというだけではなかろうか。

銃後の母は、最前線の人間が強いられる無茶と必ずセットであることも、絶対に忘れてはいけない。「いい話」の陰では、医療関係者やエッセンシャルワーカーが多くの犠牲を払っている。まったく美談ではない。

正念場のモチベーション

つい二時間前に、二度目のワクチン接種を終えた。運良く一度目は副反応がほとんどなかったが、「二度目はしんどいよ」と誰もが口を揃えて言う。健康体の私もさすがに怖気づき、熱が上がる前にと急いでこの原稿を書いている。

小さな絆創膏が貼られた左腕を見ながら、私は亡き母親を思った。私が小さい頃、日本脳炎やBCGなどさまざまなワクチンを受けさせてくれたはずだ。副反応もそれなりにあっただろう。赤子が苦しむのを見て、さぞ心細かったに違いない。

そう言えば、幼少期になにかのワクチンを接種したあと腕がただれてしまった私を見て、「可哀相で見ていられない。麻雀(マージャン)に行ってくる」と父が家を飛び出していった話を母から聞いたことがある。なんとも父らしいエピソードだ。当時は我が家の定番の笑い話だったが、いまになれば、やはり母の心細さが浮き彫りになってくる。現在の私よりずっと若い母の肩を抱いて、「心配ないよ」となぐさめてあげたい気持ちになった。

それにしても、全世界が一斉に同じワクチンを接種するなんて、まるでSF映画だ。生きているうちにこんな経験をするなんて、想像したこともなかった。政府や特定の団体の陰謀だとは思わないが、急ごしらえで完成したワクチンに抵抗がある人の気持ちもわからなくはない。

受けたくても見通しがたたない人も大勢いる。不特定多数と接点を持たずには生活できない私は、接種できて幸運だった。重症化のリスクが低下するなら私は喜んで受ける。

接種を希望しない人は別として、受けたいのに受けられない人にはさまざまな理由がある。持病、労働環境、居住地域の自治体が十分なワクチンを確保できなかったなど。日給労働者にとって、副反応で二日程度体調が悪化することは二日分の給与を失うことと同義だ。

「それくらい大丈夫でしょう?」と訝しがる人もいるかもしれないが、いまの日本、特に非正規労働者に生活の余裕がある人などほとんどいない。同じ企業で働く従業員でも、正社員は速やかに接種を受けられる一方、常駐の出入り業者や契約社員には順番が回ってこないという話も聞いた。ワクチン格差は予想以上に広がっている。

強要はタブーだが、公衆衛生の面から考えて、接種希望者には速やかにワクチンが行き渡ることが望ましい。ところが、予定数の確保が困難になったと、自治体から二度目の接種をキャンセルされてしまった話なども耳にする。一度目を無駄にしないために、同一製薬会社が作るワクチンを指定された期間内に接種せねばと、一般企業が市民に提供するワクチン接種の予約に東奔西走する友人もいた。

コロナ禍は前例を見ない困難であることに間違いはないのだが、ワクチン接種のような大規模オペレーションを公平に滞りなく進められるのが日本という国だと私はぼんやり信じていたので、やや面喰らう。他国に比べ著しく接種率が低いわけでもないが、もっとうまくやれる国だと思っていた。

先日、泥酔した男女グループを駅前で見た。我慢強いと言われてきた国民性にも限界がある。飲食店も、十分な補償がないまま店を閉め続けることは困難だろう。医療逼迫（ひっぱく）の現実を鑑みるに正念場であることに間違いはないのだが、命を守る行動を続けるモチベーションの保ちどころが難しい。

有償も無償もダブル主演で

父と少し遠出をした。と言っても、電車で隣の県に行く程度のことだけど。

道中、父の体力がもつか気が気でなかった。見た目は若いが、歩く速度は年々遅くなっているし、食べる量も少しずつ減っている。八十代前半の父は「元気だが、油断はできぬお年頃」の真っ最中なのだ。

駅で待ち合わせ、電車に乗る。席についたものの、一旦座ってしまうと、次に立ち上がるのが難儀そうに見えた。降りたら降りたで乗り換える線を間違えそうになったので、こっちだよと私が腕を引く。いろんなことが、少しずつおぼつかない。臆せずどこへでもひとりで出かけていけるのも、あと数年のことかもしれない。

本人は九十五歳でピンピンコロリを所望しているが、望んだ通りに人生の幕を閉じられるとは限らない。つまり、私が介護に多くの時間を割くことになる未来は、十分にありうるってこと。仮にピンピンコロリだとしたって、いまの状況から鑑みるに、コロリの前になんらかの生活サポートが恒常的に必要になるのは目に見えている。

両親の介護が一度に始まった女友達は、特養探しに明け暮れていた。長く臥せっている母親を父親と協力して自宅介護していた男友達は、父親の介護も必要になったタイミングで仕事を辞めた。もちろん、どちらの家族にも優秀なケアマネージャーが付いており、福祉制度はフルに活用している。それでも、想像以上に家族の手が必要になる場面があると言っていた。心身のケアに加え、さまざまな申請書類を書いたり、介護の方針を決めたりしなければならないからだ。年金だけでは賄えぬ部分が必ず出てくるという話題も共通している。

日本では昔から、家事・育児や介護といったケア労働は、嫁の役を割り当てられた女が無償で担っていた。問題が存在しなかったわけではなく、誰かが自分の代わりにやってくれていただけなのだ。私の祖父は、八十代に入ってから父の兄の家に移り住んでいた記憶がある。伯父さんの妻が、一手に引き受けてくれていたのだ。

ちょっと前まで、家の外でお金を稼いでくるのは父や息子の役割だった。しかし時代は変わり、核家族の共働き世帯が増えた。以前の様式では物事が回らなくなる。かと言って、家族の誰かが家庭に入れば済む話でもない。有償労働にしろ、家事・育児に代表される無償労働にしろ、すべての役割において、役割を誰かひとりに押し付けるやり方は、ちょっとしたことで行き詰まりかねないからだ。

私は母を早くに亡くしたから、父母の介護を同時に行う未来は現実的にやってこない。子どももいないので、子育ての時間も費用も必要ない。多くの人に比べたら、気楽なものだ。ただし、稼ぐ役もケアする役も、私が一人二役でやるしかない。家族と連携を取って協力したり、業務を分散したりするのは難しい。

私の周りの若い共働き世帯を見ると、家事や育児といった無償労働と、報酬が発生する労働の両方を、妻と夫それぞれがある程度担う分担型が多い。一人二役というより、ダブル主演。「お母さんがいないと下着の場所もわからない」とか、「お父さんが仕事を辞めたら我が家は無収入」なんてことにはならなそう。舞台と一緒で、ダブル主演のほうが有事のリスクは小さくなる。

この世代が親の介護に関わる頃には、夫婦でさまざまな介護の役割を少しずつ分担できるようになるのだろうか。私がそうなるように、単身の老人の数もグッと増えるだろうから、それで介護問題が解決するわけではないだろうけれど。

物価上昇率などを加味すると、貯えがどれだけあれば安心できるのか想像もつかない。ネットニュースには、お金に余裕がある老人の豊かな高級老人ホーム生活か、極貧老人の惨憺(さんたん)たる生活ばかりが流れてくる。あまり人に迷惑をかけず、かといって孤独過ぎず、毎日二・五食くらい食べていくには十分、という生活がしたい。要介護になったら、ホームにも入りたい。で、いくらかかるんだろう。

嗚呼、どうなるのか私の老後。

強さへの執着

東京都知事選二〇二四。ついに立候補者が出そろった夏の日のこと。ポスターが貼られた公営掲示板の横を通るたび、私は都民として屈辱を覚えずにはいられなかった。こうも雑然とすると、獣聚鳥散に見えてしまう。ちなみに、「じゅうしゅうちょうさん」という言葉は今回初めて知った。この無秩序な状態を表す語彙を、私は持っていなかったから。有象無象（うぞうむぞう）とは異なり、カオスではライト過ぎて、しかし魑魅魍魎（ちみもうりょう）と表すにはまともな候補者に申し訳がない状態。なにかピッタリくる言葉がないかと、調べて調べてたどり着いたのが獣聚鳥散だった。

都知事選は人気投票の側面を持つ。私が子どもの頃からそうだ。名前が知られているほうが有利で、だからタレント候補が都知事になったり、まあまあいいところまで行ったりする。今回は有力候補者がどちらも女性だったので、女性ならではのしなやかさとか、女性独自の感性といった論点で語られないことだけが救いだ。女に務まるのかという馬鹿げた声も、以前より小さくなったように思う。

鬱々とした気分を引きずりながら、ＣＮＮで米国大統領選討論会を観た。討論会が開かれるだけマシだが、こっちはこっちで大変なことになっていた。当時の候補者はバイデン八十一歳とトランプ七十八歳で、どちらも高齢。実のあるものとは言い難い討論会を、私は辛抱強く観た。最後は互いのゴルフの腕前を競い合う始末で、どちらのおじいちゃんのほうが元気か合戦の様相を呈していた。

まあ、こうなるよな。私の父は八十六歳だ。精彩を欠くと評されたバイデンの弱々しい声にも、若々しさと誤って捉えられがちなトランプの子どもっぽさのどちらにも、父の姿を見た。年を取れば、多かれ少なかれ誰もがこうなる。

直後のファクトチェックによると、バイデンの間違いは九個、トランプのそれは三十五個。私の印象では、バイデンのは言い間違いや記憶違いで、トランプのはそれらに加え、いい加減な発言が要因だった。九十分の討論会で九個しか間違いを犯さなかった八十一歳に私は尊敬の念すら覚えた。

討論会後もCNNを見続けていたら、アンカーのアンダーソン・クーパーによる副大統領カマラ・ハリスのインタビューで予想以上にバイデンの弱さが槍玉にあげられており驚く。高齢者であることの懸念を払拭するのが大命題だったとは言え、ほかの候補者を立てられなかったのは党の問題だ。しかも、トランプは三十四件の刑事裁判で有罪評決を受け、連邦議会議事堂襲撃事件を誘発したとして起訴されている。

ベストとは到底思えないが苦虫を嚙み潰したような顔でバイデンを選ぶのが選挙権を持つ

良識なアメリカ人の責務だと思っていた。しかし、コメンテーターはバイデンの弱々しさにショックを隠し切れないといった様子で、強さのアピールではトランプが上だったと言わんばかりである。

世界にはプーチン大統領がいて、習近平国家主席がいる。米国大統領を務めるには力強さのアピールが必須かもしれないが、強さへの執着が高齢者二人の揚げ足取りを招いたとは言えないか。家父長制の成れの果てがこれだ。強さだけでは民衆をまとめられない時代になったにもかかわらず、旧来の価値基準で人選をしたから両党ともに新しい適任者が見つからなかったのではないだろうか。

都知事選でも、打ち出しの強さで候補者を称える投稿をSNSでいくつか見かけた。コロナ禍やテロ事件を乗り越えたニュージーランドのアーダーン元首相を忘れてしまったのだろうか。「心配性でも、繊細でも、泣き虫でも、リーダーになれる」と言った彼女のこ

とを。

国家規模が大きく異なり、首相と大統領では権限が違うことも理解している。しかし、世界最強とされる国のトップ候補がこうなったことを考えると、性別にかかわらずリーダーの資質を再定義することは急務だろう。「強さ」に最も手が届きやすいのは、健康な成人男性だ。それを最重要視するのは、さまざまな属性を尊重しようと努める時代に相応しいとは言えない。

現実を前に

二〇二四年十一月六日朝、アメリカ大統領選挙の速報が入ってきた。

速報は速報でしかなく、勝敗を分けるのはスウィングステートと呼ばれる七つの州で、すぐに決着がつくものではない。そんなこと、十分に承知している。しかし、想像をはるかに超えるスピードで赤く染まっていく米国地図の画像に生気を吸い取られ、みるみる気もそぞろになった。二〇一六年のヒラリーとトランプの選挙結果が脳裏をかすめる。

夕方になるにつれ、悲惨な結果が現実として迫ってきた。ニュースの見出しには、トランプが勝利宣言をしたとあった。記事は読まなかった。正確には、心の痛みが勝って読めなかった。

それ以降、私はなにも手につかなくなってしまったのだ。我ながら驚きだ。自国の選挙結果より深いダメージを受けているではないか。

経済をはじめ、アメリカの状態が芳しくないことは知っている。この四年で民主党の政策が庶民に生活向上の実感を与えたとは言い難く、分断が強まっていることも把握している。都会に住むリベラルが、ひどく嫌われていることも知っている。レベルは異なるが、日本でも同じような傾向はある。

それでも、三十四件の刑事裁判で有罪評決を受け、連邦議会議事堂襲撃事件を誘発したとして起訴された事実があり、移民は犬を食べていると嘘を吐き、人工妊娠中絶の禁止を州ごとに採用する政策に反対しない人物を、つまり女の身体的選択の主体性を軽んじる人物を、国民が実質的な直接選挙で大統領に選ばんとしている事実に打ちのめされた。

非現実的な理想論と揶揄されようが、やはりすべての価値の最上に人権の尊重があると私は信じている。いや、信じたいと願っている。残念ながら、現実社会はそうはいかない。なんでもかんでも、経済が最優先だ。誰もがまことしやかに平和や発展を望む素振りで、その裏では本音と建前のせめぎ合いと、厚かましいほどの無関心が苛烈にエスカレートしている。そういう日常から簡単には逃げられないからこそ、超大国のトップには相応しい人物像があると思うのだ。絶対に外してはいけないタガというものがある。

二大政党で政治が回っている限り、前の四年に不満があれば、もうひとつの政党を選ぶ選択に不思議はない。リベラルと呼ばれるエリート層が、無神経かつ対岸の火事のような発言をして嫌われているのは事実だ。トランプを心から支持している人ばかりではないのもわかる。カマラ・ハリスの敗因は、「彼女が女で有色人種だから」だけでないこともわかる。わかってはいるのだ。

にもかかわらず、米国の選挙権すらない私がひどく傷ついている。「あっちがダメだったから、こっち」で選ばれた「こっち」のトップに、立場に相応しいだけの人権感覚がない惨状に。いや、人格的に不適切な人物だとわかっていながらトランプを選んだアメリカ国民の選択に。そして、背に腹は代えられないともがく赤い地域の困窮者の絶望に。なにより、この現象と無縁だとは言い難い日本の現実に。

「実質的な直接選挙」とは記したが、米国大統領選挙の仕組みは複雑だ。各州にはそれぞれの党が指名した総勢五百三十八人の選挙人がおり、十一月五日の一般選挙でより多く獲得したほうの党が、その州の選挙人を総取りする。結果、総選挙人の過半数である二百七十人を大幅に超える三百十二人を共和党が獲得し、トランプが大統領に選ばれた。しかし、一般選挙の総得票数の割合を比較すると、民主党が48・3パーセント、共和党が49・9パーセントの僅差だった。これを希望と解釈する向きもあるが、負けは負けだとも思う。

敗北を認める演説で、ハリスは言った。「暗闇が深いほど星は輝く」と。

二〇一六年にトランプに敗れたヒラリーも、素晴らしいスピーチをした。ハリスもヒラリーも、トランプの勝利を祝福した。心からではないだろうが、対立候補者としてのあるべき姿を保った。結果を受け、マドンナは「私たちはあきらめない。私たちは屈しない」とSNSに投稿した。

一方、二〇二〇年にバイデンがトランプに打ち勝った際、トランプは「票が盗まれた！」と選挙の不正を訴え、選挙結果を覆そうとした。後に、その主張が意図的なものであり、結果的に前代未聞の米議会占拠事件を誘発したと起訴された。ところが今回の選挙結果を受け、その起訴は棄却されてしまった。本件以外の起訴も同様に棄却が求められている。疑惑が晴れたからではない。現職の大統領に対する起訴と刑事告訴は、合衆国憲法で禁じられているからだ。「負けは負け」の代償は大きい。

ここ数年、私は全国各地を講演で回っている。性別で勝手に割り当てられた社会的役割を、社会が期待するように担えているか否かで自分の価値を判断しないでほしいと伝え歩いている。誰もが自分らしく「私はここにいていいのだ」と思える環境を整えることが社会の成熟には重要で、そのためにはすべての属性の人に社会が安心と安全を供給し、自らがコミュニティに受容されていると体感できることが必要だと話している。

その思いが変わることはない。同世代には、清濁併せ呑むことを含め、すぐにあきらめないことが肝心だと実感を持って言える。

だがこの先、私は若い世代に同じことが言えるだろうか。こうなると、あきらめない抵抗よりも、自分の身を守ることを優先的に考えてほしいと伝えなければならない気がしてきた。善意のもとに築かれたシステムを意図的にハックする人物が、「暗躍」を超えておおっぴらに台頭する時代になってしまった。

スーパー人間ドック

生まれて初めて人間ドックへ行ったのは、四十九歳になった年の誕生月だった。それまで特に不具合がなかったのでまともな健康診断すら十年近く受けていなかったが、うっかり健康診断フェチの男と付き合い始めてしまい、真顔の説得に屈した。体は強いが押しには弱い。

私が健康診断の類を避けていた一番の理由は、面倒だから。次に、肥満気味をどうにかしろと言われるのがわかっていたから。そんなことは人に言われなくてもわかっています。最後に、四半世紀前に亡くなった母のこと。母は十年以上、毎年真面目に人間ドックで細かく検査をしていたのに、がんが見つかった時には末期だった。なんのための検査だったのかと、私は悲しく、憤慨もした。人間ドックへの私怨というか、不信があったのだ。

真顔の説得のほかに、お金の使い方が下手な自分を少し改めようと思ったのもある。人間ドックは高額だが、さすがに母が受けていた頃よりは精度も上がっているだろう。大人にとって意味のある使い道と言える。

引き続き日常生活で気がかりな不調はなかったものの、大きな病気が見つかる不安は日に日に募っていった。だって、もうそういう年齢だもの。周囲には毎年人間ドックに入る猛者がゴロゴロいて、みんなこんな不安を年イチで抱えているのかと感嘆した。調べるまでもなく、みな心臓が強い。

どうせやるなら徹底的にやろうと思い、「スーパー人間ドック」コースに申し込んだ。ドック(船渠)とドッグ(犬)は別ものと知っていても、「スーパー」がついた途端、私の頭に「ものすごく人間のような犬」が想起された。「スーパー人間ドッグ」と独り言ち、笑いが漏れる。不安なのに真剣度が足りない。

スーパーにしたせいで、検査は二日に及ぶ羽目になった。初日は、心電図を測るための装置を乳房の下あたりに五つほどくっつけて、まさにスーパー人間ドッグになった気分。

翌日は朝から検査に次ぐ検査。採血では血管が見つからず、何度か針を刺されて痛い思いをした。婦人科系の検診はもっともこたえた。女医とはいえ初対面の相手に股を開き、ブラシのような棒を突っ込まれて膣の壁面をガシガシと擦り落とされたり、若さ漲る看護師に弛んだ上半身を晒し、乳房をこれでもかと潰されたりするんだもの。令和にも拷問は残っていたのだ。痛いし、恥ずかしいし、ひどい。

相手にとっては日常業務だろうが、こちらの心と体はそれなりにダメージを受ける。医学がどれだけ進歩しても、女の検査はずっと野蛮なままなのではないかと、ひねくれた考えが私の頭をよぎった。もっと簡単にできる方法があるはずだ。

夕方にまで及んだすべての検査が終わった後、血液検査の簡単な所見を医師から授けられた。数値が高いところは、やはりすべて太り過ぎ起因。これ以外に悪いところが見つからなかったら、私は自分の太っちょを再認識するために高額を支払ったことになる。それは無念すぎる。健康な体であってほしいが、命に別状がない程度になにか見つかってほしいという、アンビバレントな気持ちが湧いてきた。

後日、検査の結果が封書で送られてきた。まあまあの厚みがあるファイルを開き目を通すと、「軽度の肥満」という文字が最初に目に入ってきた。やっぱりね。脂肪肝気味なのに、内臓脂肪レベルは基準値内だったのが不可思議。

結局、気を付けるべきは血液検査のあと医師に指摘された箇所のみだった。「いますぐ治療というレベルではなく、食事に気を付けて運動しなさい」と言われた血糖値。この場合の運動は、私の大嫌いな有酸素運動を指す。落胆しかない。筋トレしろと言われたら、喜んでやるのに。

この結果を、深刻な問題がなくてよかったと捉えるのが大人なのだろう。左腕には採血で作った内出血の跡が、乳房の下には心電図検査装置の粘着剤にかぶれてできたパッチの跡がくっきり残っている。太っちょ宣告と内出血痕とかぶれ。本当に高額を支払うに値する経験だったのか、私にはわからない。

神様の鉄拳

二〇二四年年明け早々、インフルエンザA型に罹患(りかん)した。四十年以上ぶり二度目となる。前回はたしか、小学校高学年にあがるかあがらないかのあたりだった。外食のあと、父親が運転する車で帰宅する道中に気持ちが悪くなり、またいつもの車酔いかと思ったが、車から降りた途端、道路に吐いてしまった。

私は子どもの頃から体が強く、熱も出さなければ吐くことも滅多になかった。だから、たいそう驚いたのを覚えている。スクールゾーンを示す黄緑色の道路に、およそ自分の体内から出されたとは思えぬ量の液体を吐瀉(としゃ)し、私の体が大変なことになってしまったと怯(おび)えた。それがインフルエンザの仕業だとわかったのは、翌日のことだった。

以来、ほとんど風邪も引かず、大きな病気もせずに生きてこられた。中高あわせた六年間のうち、欠席したのは三日くらい。皆勤賞を狙ったわけではなく、単に健康だった。それが私だった。

健康なうえに無理の利く体で、社会に出てからは夜討ち朝駆けで働いた。無茶なスケジュールも余裕でこなした。やると決めたら、体はどこまでもついてきてくれた。そういうものだと思っていた。

そうもいかなくなったのが四十歳を少し過ぎてから。しかし、奇(く)しくもそこから私の仕事人生が目まぐるしく変化した。無理はしたくないと言いながら、やってみたい仕事はどんどん増える。結果、常に眠く、体はカチコチで、スッキリとはいかない状態が私の日常となった。それでも、プレ更年期もあるからこんなもんだろうと高を括った。体の神様がいたら、かなり腹を立てていたはずだ。

神様から鉄拳をくらわされたのが二〇二二年のコロナ罹患。十分に気をつけていたつもりだったが、忙しさに追われて生活を疎(おろそ)かにし、まんまと感染。幸い軽症だったが、ルールに則りラジオのレギュラーをはじめ外出が必要な仕事を十日ほど休んだ。すると、体が嘘のように楽になった。眠気も、体のこわばりも、頭痛もなにもない。頭も体もスッキリ！　これが私の万全な状態だったのか。いやあ、びっくり。

しかし、私は生活を改めなかった。結果、翌二三年にウイルス性上咽頭炎(じょういんとうえん)に罹患。これも多忙を極めていた時期のこと。そして、今年のインフルエンザA型。重度の疲労だけで済んでいたものが、確実に「罹患」とセットになった。体調不良で仕事に迷惑をかけたことがほとんどなかったので、いじけた情けない気持ちになる。私はもっと強いはずなのに。

そしてまた、懲りずに無理をする。教科書を机の前に立て、先生が黒板に向かっているあいだに早弁をするような感じ。サッと無理をして、サッと平気な顔に戻る。しかし、体の神様がそれを見逃すことはなかった。臨界点を超えた途端、「おまえが思っているほど強くはないぞ」と、私に鉄拳を食らわせるようになったんだもの。認めざるを得ない。私は弱体化している。

今回も、仕事関係者に迷惑をかけてしまった。謝るのは時世の流れに反するが、やはりフリーランスとしては謝りたい。仕方のないこととはいえ、信頼を裏切ってしまったんだもの。もう、こんなことを繰り返してはならぬ。

実は、今回は過去にないほどの疲労を感じた日が何日かあった。しかし、自分を止められなかった。整備不良の車だと知りつつ、爆走を続けるしかない恐怖があった。

いまのところ、無理が祟(たた)ったタイミングで神様がなんらかのウイルスを私に投げつけるスタイルで済んでいる。だが、大病のリスクは年々増えていくに違いない。

マズいとは思っているのだ。だから、去年は仕事を減らそうとした。まんまと失敗した。今年も夏までは忙しいと確定している。みんな、どうしているのだろう。子育てやら介護やら、どう両立させているのだ。

五十代は過信との闘いになるだろう。八十代が聞いたら寝言だろうが、自己拡張から自己縮小へ舵を切らざるを得ない予感がビンビンする。生き方を根っこから変え、それでも幸せでいられる方法を真剣に考えなければならない時がきたようだ。仕事、好きなんだけどな。

YASUMI NASAI !!

流れになったら……

アラフォーになり、治療済みの虫歯でも再び虫歯になることを知った。そんな馬鹿な。私はいろいろな場所で、ことあるごとにこの話をしている。使命感すら持っている。なぜなら、若かりし頃はそんなことまるで知らなかったからだ。騙し討ちに遭ったような気分になった。あんな思いをするのは、私ひとりで十分だ。就寝時の食いしばりが原因で、奥歯が割れる不測の事態にも見舞われた。歯に関して、ここ十年は散々だ。

虫歯はまた治療をすれば良い。問題は割れた奥歯だ。そこで、インプラント。正直、怯(ひる)む。顎とはいえ頭蓋骨に穴を開けてボルトを突っ込み、新しく歯のようななにかを埋め込む治療である。

四十歳を超えたあたりで、インプラント経験者は周囲にグッと増えた。彼らは異口同音に言う。

「高額だし、失敗すると大変だから、信頼のおける専門医にやってもらうべき」と。

私には、ここ五、六年お世話になっているかかりつけの歯科医がいた。虫歯の治療に関しては、ほとんど非の打ちどころがない。クリーニングに関してもそうだ。

数年前、左下の歯が使いものにならなくなり抜歯した。インプラントを提案されたが、やはり頭蓋骨に穴を開けるのが怖く、のらりくらりとやり過ごした。口の開きが狭いので、歯抜けは誰にも気づかれなかった。

一昨年、右上の歯が縦に割れた。治療済みの虫歯が再度虫歯になり、弱ったところに食いしばりが重なったのだ。再び抜歯。

前歯のすぐ隣の歯だったので、さすがに笑うと歯抜けがバレる。部分入れ歯は健康な歯を削るため、私にはインプラントしか選択肢がなかった。

いつも丁寧な治療を施してくれる先生に専門医の紹介を頼むと、「うちでもできますよ」と言うではないか。症例数も十分あるようで、「どの患者さんも、もっと早くにやればよかったっておっしゃるんですよ」なんてニコニコ言う。

ならばと思ったが、二つ返事でハイとは言えなかった。先達の忠告に加え、根拠のない不安が黒い雲となり胸に垂れ込めた。

いま思えば、この時にやめておけばよかった。

提案されるたび、二、三回はやんわり断った。その間にも友人に話を聞いたり自分で調べてみたりしたが、知らない病院でお世話になるより、私の口腔内をよく知るかかりつけ医に任せるのが適切な気が徐々にしてきた。積極的選択というより、消極的消去法である。

ところで。先日、とある女友達がとても響く言葉を授けてくれた。「兆しのうちは引き返すこともできるが、流れになったらもう誰にも止められない」と。

インプラント治療はまさにこれだった。漠とした不安をぬぐえぬまま、私は流れに乗ってしまった。先生の説明は丁寧だったと思う。誓約書を書いて、手術の日がやってきて、私は祈るような気持ちで診察台に横たわった。

結果、大惨事。人工歯をかぶせるために上顎に埋め込まれたビスはギリギリ歯茎内に収まってはいるものの、いまにもボコッと飛び出しそうなのが外目からもハッキリわかる酷い仕上がりになったのだ。手術中、先生は明らかに苦戦していたもの。これ絶対に失敗だよ。どうしてこんなことに。

腫れが引くまでは違和感があると聞いていたので、律儀な私は待った。数日後に腫れは引き、ビスの膨らみはますます存在感を増した。悪いほうに悪いほうにことが向かっているのが素人の私でもわかる。慌てて歯科医院へ行くと、先生はモゴモゴと口ごもりレントゲン写真を見ながら「ちょっと曲がっているけれど、これでも問題ない」と言った。そんなわけねえ！　私は心のなかで叫んだ。

絶対におかしいのに、流れに逆らえない。「これでいきましょう」というムードを壊すのが怖い。あーあ、どうしてこうなった。

「大丈夫」とは言えない

インプラント手術の続きです。

ビスの自己主張は日に日に増していった。再び歯科医院を訪れ、「これで大丈夫でしょうか」と、私は先生に何度も尋ねた。彼女は目をきょろきょろさせながら「大丈夫です」としか言わない。ならば、もっと大丈夫な顔で言ってほしい。

不安なら問い詰めるなりセカンドオピニオンを聞きにいくなりすればいいものの、私はどちらもしなかった。ひどいことをされたと認めたくなかったのかもしれない。次の予約を入れ、私はしょんぼり帰路に就いた。

インプラント行きのトロッコに乗せられたままの私が次に行ったのは、ビスの上に被せる義歯の型取り。U字型の容器に柔らかいガムのような素材を入れて、ガバッとはめるアレだ。目を合わせてくれなくなった先生は、型取りにも手こずった。過去に虫歯の治療で同じことをしたが、その時はすんなりいったのに。何度も繰り返し、しかし繰り返す理由を尋ねてもハッキリとは答えてくれない。二十七万円も払った者に対する仕打ちとは思えない。

おかしい。やはり、なにかがおかしい。

歯科医院からの帰り道、思案する探偵が顎を指でなぞるように舌で突起を弄（もてあそ）ぼうとしたが、舌先が届かない。恐る恐る指で頬のあたりを押してみたら、突起は小鼻の横にあった。上顎は、思った以上に頭蓋骨なのだ。

型取りの結果を待つ間、今度は並行して治療していた左上の虫歯が割れた。担当医はこともなげに「こちらもインプラント治療が必要ですね」と言う。ご冗談を！

もう、これ以上ここには任せられない。引き返せる地点はとうに過ぎていたが、私は必死で新しい歯科医院を探した。すると、件の歯科医院から徒歩一分の場所に、驚くほど評判の良い、抜かずに治療する歯科医院が見つかった。灯台下暗しにもほどがある。

人気医院のため、予約は一ヵ月後。その間、私は前の歯科医院からの来院催促の電話をのらりくらりと躱（かわ）した。悪いのはあっちなのに、まるで浮気をしている気分。

一ヵ月後、ようやく新しい歯科医院で診察を受け、左上は抜歯せずとも治療可能とわかった。ホッと胸を撫で下ろし、診察椅子の頭上を見やる。そこには最先端の機器で撮影された、私の口腔内３Ｄ写真があった。愕然（がくぜん）とした。

前の歯科医院では不鮮明なレントゲン写真しかなかったのでわからなかったが、これで見ると右上の歯茎に埋め込んだビスは三十度くらいの角度で斜めに斜めってぶっ刺さっているのがよくわかる。どうしたら、こんなにも曲げて埋め込めるのか。ド素人が刺した釘以下の出来栄えだ。

恐る恐る新しい先生に所見を尋ねると、やはりこれは「大丈夫」とは言えない状態らしい。とはいえ、ここからビスを抜くのも至難の業。まさに Point of no return を過ぎていたのだ。型取りに手こずったのは、ビスが上部に飛び出しすぎて、被せる歯の支柱になる下の部分が寸足らずだからだそうだ。そりゃ、こんだけ外に飛び出たらそうでしょうね。

前の歯科医院からは電話で「次回は歯茎をちょっと処置して、また型を取ります」と言われていた。新しい先生は、歯茎をレーザーで焼いてビスをむき出しにする必要があるからだろうと言った。ちょっとどころの処置ではない。絶対にやりたくない。

もう、前の歯科医院に戻るのはやめよう。この時点で正直に話してくれない人に、頭蓋骨を任せるわけにはいかないもの。

口も心も傷ついて

まさか三回にわたり、己の口腔事情をダラダラと愚痴ることになるとは思ってもいなかった。これで必ず終わらせますので、お付き合いよろしくお願いいたします。

新しい先生は親身に相談に乗ってくれ、左上の歯を抜歯せずに治してくれた。仕上がりも綺麗だし、一ヵ月が経過したいまもまったく問題がない。噛み心地も最高だ。右上の失敗ビスに関しても、善処してくれると言う。ありがたい。

私はふと、両親を思い出した。どちらも五十代に入ってから、歯医者選びに手こずっていたのを覚えている。治療は無事に済んだが歯の高さが合わないとか、差し歯にしてから歯茎が浮くとか、歯のトラブルと言えば虫歯しか知らなかった子どもの私には想像もつかないことばかりをブツブツ言っていた。父も母も神経質だと子どもの私は思っていた。いまならその気持ちが手にとるようにわかる。歯に大掛かりな治療を施して一喜一憂するさまは、まさに現在の私だ。口の中が不安定だと、こんなにも日常生活やメンタルに不具合が出るのかと驚く。

ビスを斜めに入れたくせに、しばらく経ったら前の歯科医院からは様子伺いの電話ひとつこなくなった。支払った代金の半分くらいはまだ治療に至っていないはずなのに。誓約書には「失敗しても直しません」とは書いていなかった。それでも連絡がこないということは、先方もミスを自覚しており、私が連絡も来院もしないことを、これ幸いと思っているに違いない。

大枚をはたいたのだから抗議に行こうかとも思ったが、多忙を理由に後回しにし続けている。私はこういう際にしっかり主張できるタイプだと自己認識していたのに、なぜか今回は足が動かない。

私は以前の歯科医院がかなり好きだったのだろう。信頼していたのだ。それまでは、なんの問題もなく虫歯の治療やクリーニングをしてくれていたから。先生もスタッフも、いい人ばかりだったから。

そんな人たちに裏切られたのが、ひとえにショックだった。

安くはない金額を払ったにもかかわらず、間違いを犯され、ミスを告知されず、なんと

かごまかそうとされたことに、えらく傷ついている自分に気がついた。斜めのビスを抗議して、またのらりくらりと躱されたら立ち直れなそうな気がしてしまう。だから、直接的な対立を避けた。私にも、こんな弱気なところがあったなんて。

幸い、新しい歯科医は十分の一くらいの値段で右上の失敗を修正してくれると言う。ならば、二十七万円は手痛い勉強代とすることにしようか。私は小心者だなあ。

他者に対し、「それはひどい！　しっかり抗議したほうがいいよ！」といった発言は、今後一切しないようにしようと思った。なんに関してもそうだが、自分ができないことを他者に押し付けるのはみっともない。

間違いをあきらめた先に

数ヵ月を経て、再び歯の話をするとは思っていなかった。まるで一大サーガだ。

ある日、右上の歯が割れて物語が始まった。信頼する歯科医に任せたら、インプラントのビスを斜めに埋め込まれた。なんという災難。

その上、左上の歯にまでインプラント治療が必要だと畳みかけてきた。右上が明らかに失敗なのに⁉　まるで、絶大な信頼を寄せていた村の長老が悪人だった、みたいな展開。これはまずいと尻尾を巻き、返金も求めず私は逃げた。我ながら腰抜けだ。

勇者スーはめげずにインターネットの大海原を航海し、評判の良い歯科医を発見。前の歯科医院から徒歩一分しか離れていなかった。メーテルリンクの『青い鳥』でもパウロ・コエーリョの『アルケミスト』でも、大切なものはすぐそばにあるという教訓で物語が締められている。まさにアレだ。こっちの旅は始まったばかりだけれど。

我が口腔内のビスの斜めっぷりは常軌を逸しており、抜くとなると大手術と判明。ひとまず寸足らずの支柱を継ぎ足し、無事にインプラントを埋めた。

ちなみに、前の先生からは抜歯しかないと言われた左上の歯は、新しい先生の魔法のような治療で問題なく治った。私が若い主人公だったら、今まで信じていたものは嘘だったのかと頭を抱え雨に打たれるシーン。もう中年なので、「そういうこともありますよね」としか思わなかったけど。

歯が割れるのは就寝中の嚙みしめのせいと聞き、マウスピースはどうにも違和感がぬぐえないので咬筋(こうきん)にボトックス注射も打った。歯のために美容医療にまで手を出したのだ。嚙みしめは軽減され、小顔にもなった。一石二鳥である。

斜めビスが気にならないわけではなかったが、ある意味「これにて一件落着」だったのだ。先月までは。

数日前のこと。右上の歯茎がブヨブヨと腫れ、インプラントもグラグラしていることに気づく。まさか。慌てて歯科医院へ行くと、インプラントは麻酔もせず根元からあっさり抜けてしまった。盛り上がった歯茎も一瞬で元に戻った。ついに呪いが解けた！ 違う！

担当医は「もう少し長くもつと思っていたのですが、すみません」と私に謝った。彼はなにも悪いことはしていないのに。悪いのは、斜めにビスを埋め込んだ長老こと、前の先生だ。パンドラの箱における希望よろしく、口のなかに残ったのは大きな穴だけ。しかし、私は前向きだった。呪いの斜めビスが体内から去ったのも一因だが、新しい歯科医が自らの見立てに間違いがあったことを即座に認め、修正案をさっと出してくれたことが大きい。

人は誰でも間違う。問題は、そのあとどうするか。いかにして信頼を取り戻すかだ。新しい先生は、責任をもって最後までやらせてほしいと言った。間違いを認めた人のほうが安心できる不思議。

最近、仕事でもトラブルが発生していた。「できない」「難しい」「間違えた」を言えない人が引き起こした問題だった。できないことも、間違えたことも、致命傷ではない。あとから挽回できるのに。

「間違ったら、わからなかったら、ごまかさず早めに白状しなさい」。幼い私に母はよく言っていた。信頼を一瞬にして無にする行為だと言いたかったのだろう。

穴は数ヵ月で自然に埋まるという。だったら、斜めに埋め込んだあとすぐに抜こうと思えば抜けたではないか。そういう処置をしなかった長老こと前の先生よ、患者の健康より保身を選んだのが見え見えだよ。

失敗は恐ろしい。しかし、失敗のあとごまかさず、かかわった範囲で責任をとることさえできれば、大体のことはなんとかなる。この先、間違いなく私も失敗する。その時、私の真価が問われる。私は新しい先生の態度を見習いたい。

魔法の糸

久しぶりの友人と、三人で食事をした夜のこと。席に着くなり、男友達は私に歯のことを尋ねてきた。

聞けば、彼は彼でずいぶん前に手術したインプラントに不具合が起き、鼻腔と口腔が穴で繋がってしまったらしい。そんな不測の事態が起こるなんて……。中年になれば誰にでも、切ない歯の物語が誕生するのかもしれない。

「うがいをすると鼻から水が出てくるんですよ」。ポテトサラダをつまみながら男友達はしんみりと言った。想像するとコントのようで、今度は私が口から水を噴き出しそうになる。やはりインプラントは人体にそれなりの負荷を掛ける手術なのだという結論に、歯抜け中年二人で至った。

女友達のほうは、咬筋ボトックスのことを尋ねてきた。そこから美容整形の話になり、「顔に糸を入れて皮膚を吊り上げるなんて、怖くてできない」と私が言った。最近流行りの糸リフトの話である。

怖い怖いと言いながら、それもおかしい話だと我ながら思った。頭蓋骨にドリルで穴を開けたのに、弛みを引き締めるために皮膚の下に糸を埋めるのは怖い？　どう考えても怖いのは前者だ。

私が恐れているのは手術の規模や痛みではなく、それが人にバレること。

男友達は仕事柄、若い女性を多く知っている。若者のあいだで整形のハードルはどんどん下がり、他者に隠す必要がないと考えている人も多いとか。失敗したりトレンドが変わったりしたら、「お直し」をすればいいらしい。裾のお直し感覚である。

一方で、目指す顔が似通って、誰もが同じような美人になるとも言っていた。確かに、二十代はまばゆい個性を取り返しのつかない欠点と取り違えても致し方無い季節。我々が顔面から追い払いたいのが老けの表象だとしたら、若者が追い払いたいのは、丸い鼻や小さな目、薄い唇など、自分を自分たらしめている要素なのかもしれない。それ、欠点じゃなくて個性だよ。忌々しいほど人と異なる点こそが、自分と他者を分ける貴重な境界線となり、その個性が美醜を絶対的に決定づけるわけではないと気づくには、もう少し時間がかかるだろう。

楽しい会合の翌日、仕事の資料で九〇年代のエッセイ、漫画や小説の文庫解説を数冊読んだ。どれもこれも文体が似通っており、一定のルールでもあるかのよう。そして価値観が古臭い。時代が違うと言えばそれまでだが、とにかく古臭い。本当にこんなことを思っていたのかしら？　と疑いたくなるような、なんというか男に都合のいい文体なのだ。

エッセイや解説の文体には時代の空気がもろに反映される。九〇年代の、特に女の書くものにはハッキリと特徴があった。過剰におきゃん、庶民的なのに高飛車で、しらけているようで情緒に振り回され、気まぐれでもある。「私」を「あたし」と書いたり、同性に無駄に毒づいたり。「女の子って、我がままで自由なの」という時代のト書きが透けて見えるよう。注意しなければいけないのは、そんなト書きを書いたのは女ではないだろうこと。思い通りにはならないが、男の知性を凌駕するほどでもない気の利いた文章を書ける可愛い女という男の妄想を、女が気を利かせてなぞっているように読めた。まあ、そうなりますよね。どのライターを使うかの決定権は、すべて男が握っていた時代でしょうし。

古臭さは他人事ではない。ここ一年、自分の文体や構成が時代から外れてきているのをヒシヒシと感じているからだ。美容整形ふうに言うなら、私の文体は流行りの顔ではない。二〇一〇年代に女が書いた文章が十年後に読まれたら、自虐と内省の多さに驚かれるだろう。つまり、そのあたりから書き始めた私の文章にも早急に「お直し」が必要な可能性がある。

ここからが難しい。ほかと違う点こそが、私を私たらしめる個性なのだ。すでに十把一絡(じっぱひとから)げの文体になってしまっているのか、それとも個性は残っているのか。自分ではなかなか判断がつかない。

文章書きは整形と違い、韓国に名医がいるわけでもない。よって、コツコツと自分でミリ単位の調整を続けるしか手はない。埋め込めば文章が吊り上がる、魔法の糸は存在しない。あったら迷いなく脳に何本も埋めるけれど。

個性という縦軸と、時代という横軸から伸びた線が交差する地点から見える景色を描くのが私の仕事だ。ざっくり言えば、自分らしく、いまっぽく。バレないように、少しずつ変えていかなければ。こりゃ、整形を隠すのよりずっと難しいではないか。

母を思う

私的一大サーガとなりつつある我がインプラント治療に進展があったので、今回はおよそ十ヵ月ぶりの続編をお届けしたい。まずは概要をおさらい。

数年にわたり完璧な虫歯治療を施してくれた歯科医院のインプラント手術が、打って変わって散々だったのが二〇二一年のこと。三十万円近く支払ったにもかかわらず、上顎にビスを斜めに埋め込まれ、ごまかされた挙句、しばらくしたらビスがスポッと抜けてしまった悲しいお話である。闘いを存分に味わうためのプロレス観戦に血道を上げておきながら、私生活ではすべての争いを避けて過ごしたい私は、文句も言わずすごすごと歯科医院から退散した。情けない。

幸運なことに、新たに通い始めた歯科医院が親切&丁寧だった。不憫な私の口腔事情に同情した院長は、自分が責任を持って最後まで施術を行うが、まずは骨が再生されるのを待つしかないと言った。

あれから九ヵ月。ついに、埋まったのである。私の上顎にぽっかりと空いていた穴が！　レントゲンを見て私は心底驚いた。忌々しくも黒々と写っていた空洞が、跡形もない。特別なことはなにもしていないのに、私はもう五十歳なのに、骨は勝手に育った。人体は賢い。右の上顎に不要な穴が空いていると察知し、食べたものから勝手に骨を仕立てたのだから。

さあ、穴が埋まったら、次はビスの埋め込みである。ここからは自由診療。情け深い院長はディスカウントまでしてくれた。しかし、私は躊躇した。そこに歯がなくとも、生活にそれほど不便を感じなくなっていたからだ。

また、あれをやるのか。前回のビス埋め込みはつらかった。ゴリゴリと骨を削られる感覚は恐ろしく、なにしろ長時間かかった。苦い記憶が蘇り、私は尻込みした。

体調不良もあり、一度は手術をキャンセル。しかし、院長の厚意を裏切りたくない気持ちが勝り、再度予約を取った。

当日、院長は私の歯茎にチクッと麻酔を打ちながら、「今日一番痛いのは、いまの麻酔ですよ」と言った。気休めにもほどがある。しかし、それは真実だった。手術は二十分ほどで終わり、拍子抜けするほど楽だった。院長の高い技術と、最先端の設備のおかげである。良かった良かったと安堵しながら、これが深刻な病気だったら、最初の病院で命を落としていたかもしれないと肝が冷えた。だって、あっちでは出血もひどかったし、手術に一時間以上かかったんだもの。

そして私は母を思った。

大病院の大先生から母の手術の方針を説明された日、素人ながら父も私も少し違和感を持った。そんなに内臓を取ってしまって大丈夫なのか、と。

母は、元気だった頃からは考えられないほどか弱い声で「先生の言う通りにしましょう」と言った。反論したり、質問を繰り返したりしないでという意味だった。

母の命は母のもの。その考えはいまでも変わらないが、母の担当医が私における「最初の歯医者」だったとしたら、やるせない。

母が亡くなってから、父はずっと後悔していた。本当にあれが最善の策だったのかと。それを聞くたび、自らも大病を患っていたとはいえ、大して母の看病もせず、怪しい民間療法を勧めて母を困らせていた父の姿を思い出して私は憤慨する。そう思うなら、どうしてあの時に大人のあなたがちゃんと抵抗しなかったのか、と。

現代なら助かった命かもしれない。専門家である医者と、素人である患者との間にある埋めがたい知識の差に、私たち親子は翻弄され続けている。

何科にせよ、病院にかかると必ず母を思い出す。亡くなったのは二十六年も前で、母と過ごした時間よりも、いなくなってからのほうが長いというのに。

たったひとりの

二〇二四年八月初旬。午後三時を優に過ぎていたのに、夕方の気配など微塵も感じられない暑さだ。刺すような陽射しに、体がジリジリと焼き尽くされそう。首筋からは汗がとめどなく滴り落ちる。私はタオルハンカチでそれを受け止める。受け止めたそばから、次の滴が落ちてくる。焼け石に水ならぬ首筋にタオルだ。帽子をかぶってくればよかったと頭に手をやると、頭頂部はホットカーペットのように熱かった。体感気温は三十五度といったところ。夏がどんどん暑くなっているのか、それとも私が加齢で弱って耐えきれなくなっているのか。どちらもだろう。

その日、私は原宿駅から国立代々木競技場第一体育館までの日陰のない道を歩いていた。宇多田ヒカルデビュー二十五周年を記念したポッドキャスト番組のナビゲーターを務めたご縁でご招待いただき、これから彼女のライブを観る。六年ぶりだ。彼女のライブが開催されるのも六年ぶり。ツアーを頻繁に行うアーティストではない。

国立代々木競技場第一体育館のキャパシティは約一万三千人。それだけの人が集まれば、そこには熱気が渦を巻く。しかも、今日は酷暑。冷房が効いているといいなと思いながら入場する。当然、すべての席は埋まっていた。人々の胸が期待で高鳴っているのが伝わってくる。しかし、その高鳴りは群衆の熱狂とは少し様相が違うのだ。もっと控えめでパーソナルな、しかし確固とした約束や信頼のような、たとえるなら空港のターミナル到着口で大切な人を待つ一万三千人。ひとりひとりが、束ではなく個として宇多田ヒカルを待っている。私はといえば、この時はまだ傍観者だった。

ほどなくして、白いジャンプスーツに白いジャケットを羽織った彼女がステージに降り立つ。観客は到着ゲートから出てきた友人を見つけた時のように、感嘆と歓声で彼女を迎える。

初のベストアルバム発売を記念したツアーなので、誰もが口ずさめる曲が年代順に歌われていった。一曲ずつ年表にピンを打っていくように。通常のライブでは中盤や終盤に山を持ってくる演出が施されるが、今回はそうではなかった。敢えて山を作らないようにしているようにも見えた。MCで観客を煽ることも、ダンサーを従えることもなく、彼女もまた一万三千人と一対一の会話を楽しんでいる様子。客もそれを心から喜んでいる。あたたかく、しかし内心は静かな空間。気づけば汗はすっかり引いていた。

途中のMCで彼女は、ファンのみんなにとっての二十五年でもあると話した。見回すと、確かに二十五年の月日を経た顔の大人が多い。私も例外ではない。それぞれの二十五年に、それぞれの山と谷がある。

終盤に差し掛かった頃、彼女が『花束を君に』を歌い出した。「普段からメイクしない君が薄化粧した朝」から始まるこの曲を初めて聴いた時、亡き母を歌っているとすぐにわかった。私の母も普段はメイクをほとんどしない人だったから。病院から家に戻ってきてからもパンパンにむくんだままだった顔は、翌朝にはすっかりしぼみ、死に化粧が施された姿は、よく知る母のようでもあり、知らない人のようでもあった。

　母が亡くなって二十七年になる。あれからずっと、私はなにも弔(とむら)えていないような気がする。母のことを忘れた日は一日もないが、死んでしまった相手にはなにも恩返しができないのだ。申し訳なさが一気に襲ってくる。喪失感や後悔や憤怒がないまぜになって、涙がどんどん溢れてきた。

　傍観者だった私は、いつの間にか宇多田ヒカルと一対一で対峙(たいじ)していた。「みんな」のうちのひとりとして、彼女は私を扱わない。

　大切な人の肉体がこの世から消えてしまった事実に、「つらいよね」とか「そういうこともあるよ」とか、そんな言葉はどれも不釣り合いだ。なにを言っても無駄なのだ。彼女の経験に、私は自分のそれをひっそり重ね合わせる。

　ファンにとって、宇多田ヒカルがたったひとりのアーティストである所以(ゆえん)が理解できたような気がした。と同時に、「個」と「個」としてファンと対峙するには膨大なエネルギーが必要だろうと、天を仰ぎたくもなった。

2・99で肩を上げれば

プロレスが好きだ。先月は十大会観た。さすがに三日に一度はやりすぎだ。二〇二四年は仙台、栃木、静岡、名古屋、大阪、福岡、網走に遠征もした。数えてみたら、一年で八十二回も観戦していた。どうかしている。

東京で生まれ育った者は、若いうちから簡単に手が届く文化資本の貴重性を理解していないと言われたことがある。確かにミニシアターはそこらじゅうにあったし、来日アーティストのライブも東京がメイン。美術館も多く存在するし、傍（はた）から見たらそうなのだろう。しかし、これまでの私は「そんなもんですかねえ」としか思っていなかった。いまなら、己の恵まれっぷりがよくわかる。東京では毎日どこかでプロレスの大会が催されているから。東京に暮らし、これほどアドバンテージを感じたことはない。東京、最高！

中年になってからこれほど夢中になれることが見つかったのは、すごく幸せ。だから、観たいカードがあるうちは仕方ないとあきらめてもいる。それにしても、いつの間にこんなにハマってしまったのだろう。友人からジャネット・ジャクソンのライブに誘われ、一番贔屓（ひいき）にしている「ガンバレ☆プロレス」の高島平大会があるからと断った時、なんの躊躇（ためら）いもなかった。その日はTLCも出演すると噂されており、プロレスにハマる前なら一も二もなく「行く！」と答えていたはずだ。どちらも私の青春を彩ったアーティストだし、ジャネットもTLCも、次はいつ来日するかわからない。それでも、ガンプロのほうが観たかった。だって、私は二度目の青春ど真ん中だから。

最初は兼業レスラーが多く在籍するガンプロだけを観ていた。プロレスは肉体的にも運動能力的にも並外れた超人がやるものだと思っていたが、ガンプロの選手たちは違った。私たちと同じ、生活者だった。試合を観ながら、決して体躯（たいく）が大きいとは言えない選手たちの「適性を凌駕するプロレス愛」をびしゃびしゃ浴びた。痛い思いをしても、これがなくては生きていけない人たちを羨ましくも思った。私たちと同じように日々を生きる選手たちが、リングのなかに入るとたちまち輝き出す姿には惚れ惚れする。男女混合で分け隔てなく闘う姿にも心を動かされた。だって、リアルな世界もそうだもの。

次に、「仙女」こと「センダイガール

ズプロレスリング」にハマった。女を売りにも言い訳にもしない、女にしかできないプロレスが観られる仙女のリングは最高。いまは、歴史ある全日本プロレスの大会にも足しげく通っている。そこで観たフリーの選手の闘いっぷりに心酔し、その選手が出るほかの大会にも足を運ぶ。結果、週に何度もプロレスを味わうことになった。

私は何を見ているのか。観戦を続けるうちに、勝ち負けではないと気づいた。私は、人間を見ている。そりゃ応援している選手が勝てば心底嬉しいが、それが目的ではない。

プロレスは不条理で、理不尽で、非合理的だ。少なくとも、私の目にはそう映る。二十一世紀にもなって、半裸の人間同士が四方から視線を浴びるなか肉体をぶつけあう世界。選手たちは闘う。なんのために？　多分、強くなるために。四角いリングのなかで生き残るために。自分に嘘をつかないで生きるために。

私たちだって同じだ。誰であれ、不条理と理不尽のごった煮みたいな毎日を送っているではないか。手持ちのカードを使って、生き残ることに必死ではないか。しかし、敬意を持って、相手に本気でぶつかっていると言えるだろうか。私が大好きなプロレスラーたちのように。決して楽な道ではなかろうに、リングの中の彼ら彼女らはとても楽しそうだ。選手たちの心が楽しさや幸せで満ち満ちている時、それらは試合を通して私たちの心に運ばれてくる。観ているだけで、こちらまで幸せになってくる。

強くなろうとすることから降りないのが、私にとってのプロレスラーだ。強くなりたい人たちを、大きな声で応援してもいい場所がプロレスの興行だ。自身の特徴や特性を自らカリカチュアライズし、日常の闘いをリングという四角い舞台の上でデフォルメして見せてくれる。恐ろしいことに、この舞台は嘘がすぐバレる。心ここにあらずな選手はすぐわかる。試合を通して、私の心に何も運ばれてこないから。プロレスのリングは、あきらめた人が否応なしに晒される残酷な場でもある。

ハマったのはここ数年だが、私の嗜好は変わっていない。タフな女たちのサバイバルが存分に観られるドラマ『ORANGE IS THE NEW BLACK』が大好きだし、本物の戦いとプライドを教えてくれるビヨンセには長いこと心を奪われているし、凄まじい努力を隠さぬまま年々愛くるしくなるジェニファー・ロペスを信頼している。私は自分の可能性にあきらめが悪い人たちが大好きだ。

プロレスでは、相手選手の両肩をマットに押し付け、レフェリーが三カウント数えたら勝ち。それ以外に勝敗を決めるルールもあるが、私はこの三カウント制の魅力にやられている。どんなに追い詰められても、2・99で肩を上げれば負けではない。生きていればいろいろあるけれど、2・99で肩を上げる。そういう生き方をしていきたい。

イラスト　川原瑞丸
デザイン　佐藤亜沙美（サトウサンカイ）

本書は、『婦人公論』二〇一九年十二月十日号～
二〇二五年一月号掲載の連載「スーダラ外伝」を
大幅に加筆・修正したものです。

ジェーン・スー

1973年、東京都生まれ。コラムニスト、ラジオパーソナリティ、ポッドキャスター。TBSラジオ「ジェーン・スー 生活は踊る」やポッドキャスト「ジェーン・スーと堀井美香の『OVER THE SUN』」「となりの雑談」のパーソナリティを務める。『貴様いつまで女子でいるつもりだ問題』で第31回講談社エッセイ賞受賞。著書に『生きるとか死ぬとか父親とか』『ひとまず上出来』『これでもいいのだ』『きれいになりたい気がしてきた』『おつかれ、今日の私。』『闘いの庭　咲く女　彼女がそこにいる理由』など。

マネジメント　市川康久（アゲハスプリングス）

JASRAC 出 2409986-505
NexTone PB000055955号

へこたれてなんかいられない

2025年1月25日　初版発行
2025年6月20日　5版発行

著　者　ジェーン・スー
発行者　安部順一
発行所　中央公論新社
〒100-8152
東京都千代田区大手町1-7-1
電話　販売03−5299−1730
　　　編集03−5299−1740
URL https://www.chuko.co.jp/

DTP　平面惑星
印　刷　共同印刷
製　本　大口製本印刷

Published by CHUOKORON-SHINSHA, INC.
Printed in Japan　ISBN978-4-12-005878-3 C0095
定価はカバーに表示してあります。落丁本・乱丁本はお手数ですが小社販売部宛お送り下さい。送料小社負担にてお取り替えいたします。

ジェーン・スーの本

これでもいいのだ

年齢を重ねただけで、誰もがしなやかな大人の女になれるわけじゃない。思ってた未来とは違うけど、これはこれで、いい感じ。「私の私による私のためのオバさん宣言」ほか、明日の私にパワーチャージする、切れ味抜群のエッセイ六十六篇。〈解説〉宇垣美里

中公文庫